BLUE OCEAN

藍海

藍海 E112401

神醫養夫

寄秋◎著

藍海製作有限公司／出版

【編輯推薦】青梅竹馬的情誼

之前有個網友問我有沒有青梅竹馬，她看了漫畫覺得青梅竹馬的感情很棒，很想要有一個青梅竹馬，可惜她身邊只有各種堂哥。

我同樣也不算有青梅竹馬，至少那種會出現在各種創作中，從小到大同班同校，玩在一起，一起走過青春年歲的人，我身邊是沒有的，小學同學在國中就各分東西，國中到高中就更不用說。

不過，我想想也覺得這樣青梅竹馬的感情很不賴，總有人說年少時的感情最為純粹，而青梅竹馬是陪伴自己走過這份純真歲月的人，能夠不浪漫嗎？

故事中，溫顏和風震惡就是如此，而他們還多了一份互相依靠的情感。

風震惡爹爹早逝，娘親只顧作著不切實際的夢，溫顏的爹雖然寵女兒，卻是個濫好人，把自家搞得入不敷出，兩人小小年紀就為生活奔忙，好在溫顏有穿越前的知識打底，他們又遇上了世外高人，學會了武功和其他本領，讓他們漸漸走上坦途。

只是天有不測風雲，風震惡娘親驟逝，如果不是溫家父女支撐著他，他恐怕會走上歧途，而這也讓他和溫顏的感情更加深厚，不受到外人影響。

青梅竹馬的感情固然純粹，可也要經過時光洗滌磨練才會更加堅實，而這樣堅定的感情，就會成為幸福的基石。

你呢？是不是也有個與你一起走過時光，互相扶持的人？若有，希望你能夠像這本書裡的男女主角一樣，珍惜他，讓彼此幸福；如果還沒有，希望你能夠找到，為生活增添一絲柔軟與美好。

神醫養夫

目錄

第一章　穿越到山村

天濛濛亮，將亮未亮之際，打鳴的公雞站在壘高的稻草堆上，仰長了五彩鮮豔的雞脖子叫晨。

「咕、咕咕咕——」

雞啼三聲，仍未叫醒這家小主人，天，還是沒亮，有點微光。

盡完責任的大公雞跳下稻草堆，五隻下蛋的母雞已在窩巢了下了五顆蛋，咯咯咯的出來覓食，低頭啄著地上的小石子，在圈起的雞窩裡走來走去，啄食漏網的米糠。

這是一間還不算老舊的三合院，有五間屋子，中間是正堂，招呼來客和供奉女主人牌位，左邊兩間屋子是小姑娘的起居室，一間是臥室、一間供她擺放物件，右邊則是男主人寢間和書房，旁人不得進入。

正屋兩邊各有三間廂房，一邊打通做為學生讀書的書舍，一邊是客房、廚房，以及洗漱間，茅廁有兩間，在三合院後頭，與柴房相鄰。

這家的男主人是位夫子，在村子裡開辦私塾，一個月收費三百文，包一頓中飯，學生不到二十名，因此算是勉強可度日的窮夫子，妻子早逝，與年僅九歲的女兒相依為命，只要不有大病痛，日子還是過得下去。

「溫顏、溫顏……」

「溫顏、溫顏，妳起來了沒？」

三合院的隔壁就一戶鄰居，兩家隔著一堵人高的紅磚牆，鄰家是少見的二進院。在以泥磚房為主的小村子裡，這座二進院可說是唯一的「富戶」，有大房子又不缺糧少食，令人羨慕。

不過外人看來是一回事，實際上情形如何只有他們自己清楚，這家人是不缺吃喝，但是說起銀子來，那也是一把不可道於人知的辛酸淚，只可意會，無法言喻。

「別喊了，一大早擾人清夢，我快睏死了……」靠著牆的四方窗子一拉開，露出一張睡眼惺松的小臉。

一向重眠的溫顏早上起不了床，日上三竿才能起床，她還有很嚴重的起床氣，誰吵她誰就是她仇人。

而她那身為女兒奴的帥爹爹從不吵醒自幼身子就弱的寶寶，一向讓她睡到自然醒，老當她才三歲大。

「溫顏，前兩天剛下過雨，妳不是說要上山撿草菇嗎？還要看看有沒有草藥，叫我早點叫醒妳，以免去晚了菇子被村裡的大娘、姐兒採光了……」

寄秋

一人高的圍牆上冒出半截身子，趴在牆頭，一名容貌俊秀的少年年約十一、二歲，腳下踩著木頭椿子朝小姑娘輕喊。

揉著眼皮子，溫顏打了個哈欠，伸伸懶腰，「好啦！你等我一下，馬上就好，你揹著籮筐在門口等我。」

「好，妳慢慢來，不用急，我等妳。」少年臉上帶著微微的紅，不知是清晨的微寒凍紅了，還是害羞。

穿著單衣，髮絲亂成雞窩頭的溫顏起床第一件事不是洗臉穿衣、梳理頭髮，而是從放在床頭邊的小櫃子上，取出放在匣子裡的蜜餞，先吃上一顆補上熱量和糖分再說。

對鄉下人家而言，糖算是奢侈品，雖然溫醒懷疼女兒為女兒準備一小盒糖塊給她備著吃，可是數量還是不太夠，她半個月就吃光了，而家中的銀子只夠過冬。

所以有低血糖問題的溫顏改吃含糖的蜜餞，一樣有清醒作用，酸中帶甜，甜中帶酸的小果子讓人一下子醒了過來。

一會兒，打扮得清清爽爽的溫顏也揹了個小背簍出門，她穿著保暖的小襖子，襯了棉花的綁腳褲和皮製小靴，頭上綁著沒有任何飾物的麻花瓣，樣式簡單又方便出入，手上拿著夾著肉片的大饅頭。

「給你。」

看著白麵饅頭，高小姑娘快半截身子的少年嚥了嚥口水，卻還是婉拒道：「我……我不餓，妳吃……」

他才一說，肚子就發出咕嚕咕嚕的聲響，讓他困窘地紅了臉。

「拿著，我昨兒特意叫我爹留的，放在未熄火的灶上溫著，早上一起來它們還沒冷掉，趁熱趕緊吃。」

她一共留了五顆饅頭，三顆有肉、兩顆沒肉。

她爹是大人，食量又大，所以兩顆沒肉，一顆有肉的饅頭，管飽。

而他們還是孩子，一人一顆夾肉的饅頭，管私塾煮一頓午膳的周大娘做的饅頭一向很大，夠他們填飽肚子了。

「嗯！溫顏，妳真好。」

少年接過大饅頭吃著，吃相斯文，很有教養的樣子，反觀走在前頭的溫顏，大口咬著饅頭，三、兩下就吃個精光，兩頰鼓起的模樣像貪多的小松鼠，讓人深恐她會噎死。

「我不好，我只喜歡當壞人。」好人不長命，禍害遺千年，村裡就沒幾個好人，全是碎嘴的，和想佔便宜的。

「溫顏，喝水，別噎著了。」少年拿出煮好放涼，用竹筒裝的紅棗茶。

不跟他客氣的溫顏順手取來，仰頭喝上一大口，「快走，別磨磨蹭蹭了，不然又遇上大嘴婆……」

真的不能背後說人閒話，才剛說到大嘴婆，村裡起得最早的陳三娘和女兒大妞正好迎面而來，她家是做豆腐的，母女倆起早貪黑的磨豆子，點豆腐，再挑到十里外的鎮子賣。

這家的男人是個懶漢，只負責磨豆子，其他一概不管，磨完豆子便回去睡懶覺，睡到妻女賣完豆腐回來才起床數銅錢，看賺了多少。

所以這對母女有了紅眼病，十分嫉妒溫顏的好命，每回一碰上總要酸上兩句，說些扎人的酸言酸語。

「哎喲！小溫顏，難得見妳起了一大早，今兒個太陽打西邊出來不成，瞅瞅，我都要沾福了。」哼！瞧這一身衣服可真體面，碎花小襖來著，她家大妞只能穿她的舊衣。

小姑娘穿什麼都好看，眉清目秀，白白淨淨的，一雙水靈靈大眼像是會說話，叫人看了又妒又嫉。

若她家女兒有這丫頭一半長相，媒人早上門提親了，也不致讓她愁白了髮，從早到晚擔心女兒嫁不出去。

「嬸子早。」即使不太樂意，想繞過陳三娘，但是為了爹在村中的聲譽，溫顏規規矩矩的問候一聲。

「早呀！溫顏，一早帶著小未婚夫上哪去呀？啊，是童養夫，多乖巧，婦唱夫隨呢！」

她捂著嘴，老母雞一般的格格笑，眼露輕蔑和不屑，還下巴一抬用鼻孔睨人。

「我不是童養夫。」漲紅臉的少年怒不可遏。

「別理她，有人天生多長一張嘴巴。」溫顏拉著少年的手，快步走過陳三娘和她女兒。

「嘖嘖嘖，都手牽手了，世風日下，人心不古……」陳三娘嘴賤，一張口就停不下來。

溫顏倏地一回頭，「嬸子，妳家二郎、三郎的束脩要記得送過來，再不交錢就沒書唸了。」

「妳、妳跟我要……要銀子……」她忽地口吃，面色忽青忽白，還有些發紫。

「我爹是個讀書人，不善與人口角爭執，但妳家從去年九月、十月、十一月到臘月中已欠了三個半月的束脩，再不付清真的得回家種田了，今年起我家由我管帳。」她可不是她爹，高風亮節，寧可縮衣節食也要作育英才。

溫醒懷就是個死讀書，讀死書的呆書生，整天之乎者也掛在嘴邊，考上個秀才功名就因家境緣故而未再進一步，以自家為私塾收了學生，教些三百千，識識字。

村裡的孩子普遍家境不好，能識幾個字就不錯了，他教的是啟蒙，六到十歲左右的孩子，日後出去不被騙，或做個帳房，不要求高深的學問，四書五經也就偶爾講上兩篇。

當然也有幾個上進的學生，在溫夫子的啟蒙後到了鎮上的私塾就讀，他也樂觀其成，代為寫推薦書函。

只是溫醒懷為人太過和善，教學生是有教無類，誰想來都能來，可是一遇到有人叫窮，想拖欠一、兩個月學費，他雖面有難色卻狠不下心拒絕。

這一拖再拖拖到「忘了」，還厚著臉皮蹭上頓飯，長久下來也是不小的負擔，臉皮薄的溫醒懷依然不好意思開口催討，像陳三娘這樣的人家就故意欠著，欺負老實人。

「這……呵呵，時候不早，我們要趕著去賣豆腐，回頭再聊……大妞，走了，還看什麼……」再看也是別人的，沒她的分，人家早被相中了。

大妞一看再看溫顏身邊的少年，如果不是被她娘拉著走，都想往人家身上撲，一訴衷腸，「娘，我和錦年哥哥說說話……」一句也好，她好喜歡他，想跟他在一起……

「說什麼說，就妳那長相人家瞧得上眼嗎？別給老娘丟人了。」她還有自知之明，落難的公子仍是天上星星，不是他們高攀得起的。

「娘……」

「走了，還賣不賣豆腐，一會兒賣不完，看妳爹會不會打死妳……」銀子最實際，不咬人。

晨霧中，陳三娘母女越走越遠，兩人的聲音也越來越小，直到聽不見，消失在漸漸散開的白霧裡。

溫顏兩人也繼續往山裡走，一邊走一邊說話。

「還叫你錦年哥哥，真是不要臉，大妞都比你大一歲呢！」她怎麼叫得出口，聽得人都起雞皮疙瘩了。

「我不是童養夫。」少年氣悶的跟在溫顏身後，面色潮紅，有些上氣不接下氣。

明明身子不好的人是溫顏，可是在一個冬天的進補後，反而她比鄰家少年的氣色還好，爬起山來健步如飛。

「風錦年，你是傻的呀！別人胡說一通你也當真，你要是覺得太早定下婚約，你解除不就得了。」

真當她非他不嫁呀！外面那麼大，她遲早有一天要走出去，看看這世界，沒婚約在身正合她意。

一聽要解除婚約，風錦年急了，連忙捉住她的手，「我娶妳，溫顏，我只喜歡妳一個。」

風錦年的爹風長寒原本是世家公子，住在五進的大宅子裡，家族龐大、人口眾多。

風長寒是嫡出的孩子，無奈其父寵妾滅妻，偏愛側室，在側室的算計下，身為嫡長子的兄長因病暴亡，身後只有一妻一女，而他則被誣陷對庶母起了不軌之心，遭盛怒之下的父親逐出家門。

幸好其母將其私房和首飾全給了淨身出戶的風長寒應急，這才買下一座宅子和百畝田地供人佃租，有些許銀兩傍身。

只可惜他頗有些書生意氣，不能忍受名聲被毀，更不願承認這無稽的罪名，鬱結在心，一病不起，成日與藥為伍，纏綿病榻。

心結不解吃再多的藥也好不了，上好的宅子和田地也因為看病吃藥而一樣樣賣掉，最後只好搬到天坳村。

那年風錦年八歲，就搬到溫顏家隔壁，他們手中尚有餘錢，將殘破的農家改建成二進院，留著一僕婦一婢女侍候，只是坐吃山空，後來僕婦和婢女也養不起了，放她們走了。

去年冬天特別寒冷，大雪封山，剛考過府試的風錦年打算隔年春天再考院試，若能考進官學，便成為年紀最小的秀才老爺。

誰知天有不測風雲，他爹的藥沒了，沒法出山買藥，就這麼熬死在床上，死前怕妻小無人照料，便和隔壁心善的溫醒懷定下兒女親事，盼溫醒懷能多看顧一、二。

但是溫醒懷也是個黍麥不分，人情世故少根筋的人，為了幫忙風家的喪事竟把高燒的女兒獨留在屋子裡，她因熱而踢開被子，活生生凍死了，大半天無人得知她已死去多時。

等溫醒懷想到女兒該吃藥匆匆往回趕，卻見女兒站在灶台前，升火熬著米粥，沒灶台高的孩子將切碎的臘肉放入粥裡一起煮，面無表情的看著提著藥包與她對望的父親。

那時溫顏已經不是原來的溫顏，靈魂來自另一個世界，她是無國界醫生，以及國際排名前三的殺手，她被捲入公共汽車爆炸案，當時車上有恐怖分子安排的人肉炸彈，她根本逃不掉，全車二十七人一起炸成肉塊。

「好了，我知道了，你激動個什麼勁，把手放開，我們早點進山好早點回去，你下午還要上課。」一毛都還沒長齊就想娶老婆？等他見過的世面多了也就不稀罕她這個小村姑。

溫醒懷的學生以七歲以下的居多，對於他們的安排是，上午上課，到了下午便練字、背書、複習教過的課文。

而幾個年紀大又有上進心的孩子則另外再教四書五經，制藝作文，風錦年是其中之一，也是書唸得最好的一個，連天坳村村長都寄以厚望，主動幫他出午膳費用。

要不是被他爹耽擱，今年三月天坳村又出一位秀才郎，不用等到守完三年孝再考。

「溫顏，妳真的認識草藥嗎？」

他本來一直以為要上山採蕈菇，誰知道進山前她說還要順帶找草藥，他就納悶了，她什麼時候認識草藥了？

在去年這個時候她還全身裹得緊緊的，不肯踏出房門一步，彷彿一出門就會凍成冰棍。

二月初五，天氣乍暖還寒，越往山裡走越覺得山風凍人，他手上套著溫顏為他做的露指兔毛手套才暖和一點，腳上鞋子裡也是塞兔毛，但不是皮製的。

去年冬天太冷了，兩個孩子饞肉了，身子好一點的溫顏就教小未婚夫設陷阱捉兔子，兩人也算好運，捉到一大兩小的兔子燉肉吃，兩家四個人剛好吃一頓。

大的兔子剝了皮給腳小的溫顏做了一雙兔毛皮靴，兩隻小兔子的皮毛做不成一雙男孩的靴子，溫顏靈機一動便照著錦年的手畫了手形，前後兩片縫在一塊便成了手套，做成露指的款方便他練字或做其他雜事。剩下的兔毛也沒多少了，直接塞入他的布靴子裡，至少保暖些，不會凍著了，物盡其用。

「一知半解。」

她穿越前學的是西醫，開膛剖腹不在話下，可是對於中醫就是霧裡看花，幾種常見的中藥倒還識得，像金銀花、連翹、鬼針草、黃花地丁、三七等，像黃精、石斛、當歸、天麻、紅景天這一些藥材，就算她瞧見了也認不出來。

不過她穿越過來之後有惡補了一下，能認得的種類更多了。

「嗄？」他愣然。

「收起你錯愕的表情，一知半解就不能挖草藥了嗎？你爹臨走前送了我爹一箱籠的書，其中就有兩本醫書和一本草藥簡要，藥草書上記載了上百種常用藥草，還附上草藥和草藥形狀的說明，人沒傻就能找到。」

「妳看過書了？」他記得爹生前常翻閱醫書，久病成良醫，爹想治好自己，只可惜……事與願違，風錦年面色悵然。

「看過了。」這不是廢話嗎？要是沒看過她也不會來找藥材啊。她得好好地引導他，讓他開竅，別問些傻問題，也別像她爹一樣成了死腦筋的人，不知變通。

風錦年放心的吁了口氣，「溫顏，山上危險，有吃人的野獸，我們不能進得太裡面，安全為上。」

「嗯！知道了。」囉嗦。

溫顏口頭敷衍著，心想若能打頭狼或獐子就好了，家裡缺錢，她又想吃兩口肉，整個冬天憋壞了，嘴饞。

「溫顏，妳看那邊的枯木上頭，長了一片白白的是不是菇子？」風景年指著不遠處一棵倒木。

「咦！你眼睛真利，那是平菇。」數量還真不少，能採半簍子。

「妳別動，我來摘，那邊草多，會割傷妳。」他找了根枯枝往草叢上打了幾下，沒蛇出沒才靠近。

「嗯！你摘平菇，這裡有些草菇，我來採……」

初春的山上長了不少鮮嫩的野菜，溫顏看見草菇旁的山蘇、薺菜，順手採了一大把往背簍裡放，春天吃野菜正當季，又鮮又嫩不澀口。

兩人一邊摘野菜、菌子，一邊找著能賣錢的草藥，還真讓他們找到幾樣，為數雖不多但也叫人非常高興。

有了好的開頭還怕賺不到銀子嗎？

兩人見獵心喜，不自覺越走越遠，深入村民不敢進去的林子，儘管日頭漸高，有陽光射入，但林中仍有股森森寒氣。

風錦年背上的籮筐裝了九成滿，他直起發疼的腰準備喊溫顏一聲，該回去了，再晚他就趕不上溫夫子的課了。

忽地，他身子一僵，兩眼望著前方，驚恐萬分。

「溫……溫顏……豬……妳……豬……」他一急，說話就結結巴巴，沒能說得完整。

「你才是豬。」膽肥了，敢說她是豬。

「不……不是妳，是妳後面……」有豬。

「我後面？」回過頭一看，一頭小山豬正拱著地上的山芋，哼哧地用豬蹄刨出一個坑，露出底下拳頭大的芋頭。

「溫顏，快跑……」野豬比狼更凶狠，被撞上了非死即傷，很少能全身而退。

「好。」她嘴上說好，可做的卻是找死的事，她將挖野菜的小鐘子往背簍一扔，兩腳飛快的衝向小豬，抱起小豬往後跑。

「溫顏——」她瘋了嗎？

風錦年想叫溫顏把豬放下，可是他還來不及開口，被捉住的小豬發出淒厲叫聲，樹叢後一陣搖晃，豬爹、豬娘、豬祖宗，一窩子豬七、八頭全跑出來，狂追兩人……

「溫顏，抱緊，不要鬆手……」嚇得冷汗直冒的風錦年一臉慌色，仍沉住氣叮嚀溫顏，待在樹上，想著脫身之法。

林子裡什麼最多？

樹木最多。

兩個手無寸鐵的小孩，在大大小小的野豬逼近前，一前一後爬上大樹，在同一棵樹上一人抱著一根腰粗的樹枝不放，心有餘悸。

他們也算老天保佑，這棵樹夠粗壯，足有丈高，枝節甚多好攀爬，人有雙手雙足能往上爬，而豬兄只能在底下刨地嚎叫，用豬頭使勁的朝樹幹撞，撞得頭破血流。

「風錦年，你想不想吃豬肉？」好多好多的肉，夠他們吃上一整年。

「妳說妳背簍裡那頭小豬？」小是小了點，不過也是肉，夠吃兩天吧！只是……他們得跑得過一群豬，否則全是妄想。

「不，我指的是下面那一堆。」在她眼中是醃好的臘肉、燻豬肉、金華火腿……想想就嘴饞。

聞言，他臉色變了又變，幾乎呈現墨色沒調好的淺黑，「我沒聽見、我沒聽見，她在瘋言瘋語，腦子被嚇傻了。」

不過，她就算傻了也是他娘子，爹和人說好的事他必定做到，絕不食言，出爾反爾，即使……他活不過今日。

樹又用力的搖晃一下，抱樹喃喃自語的風錦年緊閉雙目，他不想看到自己摔下樹，被豬活活咬死的慘狀。

他很害怕，更怕保護不了才九歲的未婚妻，溫夫子對他有恩，替他埋了父親，他就算死也要救下溫顏。

這時的少年已有自我犧牲的念頭，娘無法接受爹的死，渾渾噩噩臥病在床，溫顏是為了幫他攢銀子請大夫給娘看病，才一起入山，想弄些值錢的貨賣錢，所以他不能讓她有事，她一定要活著出去，他們風家欠下的恩情不可不報，死他一人就好。

溫顏很沉穩地說：「我是認真的，你別當我在胡言亂語，你看你左手邊是不是有手腕粗的藤蔓。」窮則變、變則通，天無絕人之路。

他小心的將頭一偏，睜開一條眼縫，「沒手臂粗，但也不細，妳要藤蔓幹什麼？」

她吩咐道：「綁在小豬身上。」豬呀豬，你的肉就是給人吃的，別怪吃肉的人殘忍，姊姊會幫你超渡。

「綁在小豬身上？」

「對，守株待豬。」讓牠們自個兒上門找死。

他一頭霧水，完全聽不懂她在說什麼。

在離兩人三尺外的一棵百年生的櫸木上頭，一名白鬍子老頭橫臥在樹冠頂端，他一腳平放、一腳弓起，手裡拿著一只白玉酒葫蘆往嘴裡倒酒。

他看似爛醉如泥，一個翻身就要往下掉，可迷濛的眼中精光爍爍，直射抱樹而不慌不亂，而且盯著樹下野豬的小姑娘。

溫顏絲毫沒有察覺，繼續發號施令，「你把藤蔓的另一端給我，再量好垂地的距離將藤蔓切斷。」

雖然不知道她要做什麼，可認為溫顏比自己聰穎的風錦年二話不說的照著做，用柴刀砍斷十幾尺長的藤蔓。

一會兒，他便曉得溫顏打什麼鬼主意了。

原來藤蔓的一頭綁著三十來斤的小豬，一頭是他們大筐加小背簍的重量，她先將小豬緩緩放下，觸及地，讓小豬發出叫聲，小豬的豬家族一擁而上要把小豬拱下來，可是溫顏很奸詐，籮筐被推下懸掛半空中，小豬也被高高吊起，笨豬撞樹撞得頭暈眼花。

兩人輪著來，一下子放筐，一下子放小豬，七、八頭大豬小豬也分不清東南西北，聽到小豬叫聲就拚命撞樹，想把樹撞倒。

如此重覆幾十回，小胳臂酸了，沒力氣，樹底下倒了幾頭撞昏了的野豬，想爬爬不起來。

「你把小豬拉好，我下去殺豬。」豬不死他們沒法離開，困在樹上，到了晚上就走不掉了。

「什麼？」他沒聽錯吧！她要下樹……殺豬。

溫顏的話讓人打從心底發慌，以為她在開玩笑，可是看她哧溜一聲的溜下樹，驚覺她說真話的風錦年連忙將綑豬的藤蔓綁緊，打算從樹上往下爬，拉著溫顏趕緊往林子外跑。

只是他藤蔓剛綁好，樹下傳來豬的哀嚎，他低頭一看，最大頭的公豬已然氣絕，溫顏的小鐮子一半插在另一頭母豬的豬頭，一半露在豬頭外，母豬痛到爬起來亂撞，又一頭撞上樹頭，小鐮子被撞掉了，豬頭的傷裂開，噴出大量的腦漿，過了沒多久，抽搐的母豬也死了，還有一頭小豬也本身就個頭小，撞了那麼久，早就受傷奄奄一息，倒是不用溫顏動手就死了。

看見同伴死掉，有一頭豬嚇得豬蹄子一抬，跑了，其他的豬見狀也跟著跑了，原地留下三頭豬。

「這……牠們死了？」看著又爬上樹的溫顏，看得目瞪口呆的風錦年再次說話結巴。

「應該死透了。」她不確定，再等一會兒以免遭到去而復返的野豬群圍攻。

「應該？」聽起來叫人心有不安。

「豬會裝死。」她手軟腳軟了，沒力氣再與豬搏鬥，她目前的小身軀實在太弱了，沒她前一世十分之一的身手，用一條鐵絲也能取人性命。

沒聽過這說法，豬有那麼聰明？

風錦年躊躇地說：「溫顏，時候不早了。」他肯定趕不上溫夫子的課。

「我知道，再等一下。」

催催催……催魂呀！百無一用是書生，她身邊的為何不是孔武有力的獵戶，至少還能扛重物，而他……揹得動自個兒的籮筐已是萬幸，不敢指望太多。

「等什麼？」他脫口問。

溫顏冷冷一瞪，「等我腿不軟、手不麻、心口不發顫了，你以為我殺兩頭豬不怕嗎？」

她也怕，怕力有未逮，畢竟今非昔比，她必須一擊斃命，若有閃失遭受反撲，弱小的軀體支撐不住，被野豬拱上兩下就要重新投胎去了。

九歲真的太小了，她得花上幾年功夫鍛鍊，就算達不到顛峰時期也要有自保能力。

溫顏殺豬不單純是想吃肉，也是想了解自己現在的身體狀況，日後好利用這座山做體能訓練。

「溫顏，妳還好吧……」風錦年吶吶地說，是他不好，讓她受到驚嚇。

「不好。」前一世她當了十二年殺手，七年的無國界醫生，看過的生死比尋常人還多，早就置生死於度外，可是區區幾頭豬居然讓她害怕了，還是死神給予她的警告，叫她珍惜重生的生命。

「那我揹妳……」她不重，他揹得動。

「豬呢！」

「豬？」

「你不會認為我會把兩頭一兩百斤的豬扔下不管吧！」

風錦年一聽，面露驚色，「妳要把這些豬拖回去？」他們兩個人怎麼辦得到。

「你做不到？」溫顏有想把他雙腿打瘸的衝動。

「溫顏，兩個大人也不可能拖走這些豬，何況妳和我。」

他勸她放棄，不要白做無用之功。

「天底下沒有不可能的事，有心鐵杵磨成繡花針，你去砍竹子做竹筏，我們一人一邊拖也要拖下山。」

人定勝天，她就不信人小成不了大事，只要一出了林子，便能請村裡的叔伯們幫忙，大不了一人分他們三斤野豬肉。

她想得簡單，兩人先合力拖出一頭大豬，回頭再拖另一頭，風錦年腿長跑得快，先回村子裡喊人，她顧著豬，等村人來了再抬下山，野豬肉不多見，起碼能賣上十來兩銀子，她和風錦年分一分，他娘有銀子買藥了，而她能讓爹吃上肉，做幾身新衣，再存點錢買地。

當夫子的窮到一件舊衣穿三年，還要考慮學生沒飯吃，她不曉得她沒來之前這對父女過的是什麼日子，兩人瘦得都可以當神仙了，吃著野菜粥配鹹菜，米缸永遠填不滿。

如今有她在了，她不會讓原主的爹再挨餓受凍，誰敢因他性子溫和欺上門，她就讓人見識她欺負人的本事。

「溫顏……」風錦年太為難了。

「呵呵呵……小姑娘，有句話叫心有餘而力不足，妳知道這意思嗎？」不自量力還理直氣壯的人，他頭一回見到，有趣、有趣、真有趣。

伴隨著突如其來的蒼老聲音，一道白影飄了過來，白髮、白眉、白鬍子，一身白袍，腰上繫了只玉葫蘆，手中一根紫玉簫，落在風錦年眼中，真應了那一句仙風道骨，好一個人間神仙，化劫渡災而來，但是……

溫顏眼神冷冷，話語很不客氣，「老頭，你死了多久，看你年歲不小還不去投胎，是當鬼當上癮了，不想再世為人了吧！」

裝神弄鬼的，會輕功了不起呀，一把年紀也不怕閃了腰，真正的高人是隱世匿蹤，誰像他那般招搖，唯恐世人不知，裝腔作勢。

「什麼死了多久，老夫今年六十有九，做妳太爺爺都綽綽有餘，小姑娘眼睛沒長好，看風成影了，這眼力呀，嘖嘖，比老夫還不如。」

牙尖嘴利的，合他心意，他們天山派專出毒舌弟子，一張嘴巴毒枯十里花海，萬魚翻白肚，千里白雲轉眼成黑霧，一片枯骨。

「老頭，嘴皮子再厲害也是兩片皮而已，有本事一葉芭蕉輕搧，眼前幾頭豬就飛到我家院子。」溫顏猶帶三分稚色，說出的話卻能叫人吐血，眼眸澄澈，卻帶著狡黠。

「不用芭蕉葉，老夫一隻手就能把事兒辦好。」老人飄然下樹，這幾頭野豬便好似燈籠，輕飄飄地被托在手中。「小丫頭，說說妳家在哪兒。」

溫顏和目瞪口呆的風錦年分別下樹，聽見他的話語，指了一個方向，隨口說道：「有一套呀！老頭，看不出你功底深厚。」

「小丫頭，要不要拜老夫為師，老夫破例收妳為徒。」他天山老人季不凡的徒子徒孫都能當她爺爺了，一拜師輩分可高了。

三人一起走出林子往山下走，聞言，溫顏看了他一眼，清脆的吐出兩個字——

「不要。」

「什麼？」他瞪著眼，鬍子一翹一翹的豎直，砰的一聲，手上野豬落地。

「老頭，你要弄壞我的肉，一頭賠兩頭。」她殺頭豬容易嗎？一直到此時手臂內側還有點痠痛。

「為什麼不肯做老夫的徒弟，妳知曉老夫是誰嗎？」多少人想拜在他門下，即使指點一招半式也像拾到寶似快活。

「你賠我的豬。」她只想吃肉。

第二章　師徒一場

「要怎樣妳才肯拜老夫為師？」

不死心的季不凡從上回之後就一再遊說，他的紫玉簫送她了，白玉葫蘆也被搶走了，連腰上象徵崇高身分的雲紋玉佩也給騙走了，遇到土匪似的小丫頭，他有理無處訴，忒可憐。

「我要吃肉。」她無肉不歡。

「好，肉馬上來。」

季不凡咬牙，施展輕功，眨眼就消失在林子裡，片刻，竟然就帶著一樣樣獵物回來，兔肉、羊肉、蛇肉、鹿肉、麃子肉，若要熊肉、老虎肉他等等再去，還有虎骨、虎鞭泡酒喝。

溫顏見到肉就兩眼發亮，也顧不得其他，當下料理起來。

季不凡忍了又忍，眼看她終於停下嘴巴，便迫不及待地問：「如何？小丫頭，妳該給老夫個答案了！」

「吃得有點膩味……」三年不開張，一開張吃三年，太久沒吃油腥味了，一下子吃得太飽滿嘴肉味……油膩膩，反胃。

季不凡吹鬍子瞪眼，一臉敢不從就剝皮抽骨的凶樣，「跟不跟老夫學武？」

「學學學，先讓我消消食，吃太多了。」撐著了，脹得難受，得走幾圈消化消化。

「誰叫妳貪嘴，好點了沒，老夫事多，沒時間耗在妳這兒。」他好歹是宗師級人物，這丫頭真的眼瞎，全然不當他是一回事，下凡神仙當過路老樵夫，不值一提。

溫顏把手往後腰一撐，裝出胃脹難受的樣子，「你要是等不及了先教他，把他教會了，再由他來傳功，這樣我多省事，不用費心練武便能成為武林高手。」

風錦年原本是陪著小未婚妻來赴約，就在第一次遇見季不凡的林子裡，他不放心溫顏獨自前來，畢竟對季不凡的來歷一無所知，若只是個騙子倒也罷了，就怕他對溫顏不利。

他雖然手不能提，肩不能挑，要是有個萬一，當個盾牌讓溫顏逃跑還是行的。

他並不打算說話，只在旁邊守候，誰知突然被點名，不及他肩高的小姑娘一拉他手臂，直接推向季不凡面前，以買一送一的方式強迫推銷。

「胡鬧，老夫要收的徒弟不是隨便一人都行，學武無捷徑，全靠用心去練，如果用傳功就能練就世間絕學，那要師父何用，一個個都成了武學宗師。」他千挑萬選的好徒弟，怎麼是條蟲，只想一步登天。

「哼！老頭，此話差矣，我是小姑娘，一不當官，搜括百姓的民脂民膏，魚肉鄉里，二無懲奸除惡的義勇俠氣，以天下萬民之福為己任，除貪官、誅惡吏，掃蕩一切不平事，你說我學武做什麼？」以她的年齡來說起步太晚，快要定型的骨骼再拉開，肯定痛不欲生。

「誰說學武就一定要行走江湖與人打打殺殺，強身健體不行嗎？妳有學武的資質，老夫斷定十年……不，五年內必有所成。」只要她肯下苦心去練，天山派若干年後又出一武學天才，破空而出，驚才絕豔。

「不要，太累了，我身子骨太弱，練了我會病懨懨的。」她一說就倒，靠在風錦年肩頭，一副弱不勝衣的孱弱樣。

「師父，我來學，溫顏打小就體弱，一吹風就受寒，三天兩頭要吃藥，她真的不行。」風錦年想到藥不離口的母親，他不希望身體狀況剛有好轉的溫顏又因風吹日曬而禁不住，成了個病號。

季不凡不屑，「去去去，楞頭青，師父能亂認的嗎？老夫當你祖宗都當得起，少來攀關係，老夫看她順眼，你一邊涼快去。」

「老頭，他是我的未婚夫。」溫顏看著季不凡，眼底的笑多麼邪惡。

「咦！」季不凡吃驚，來回看著兩個孩子。

「你不讓他喊你師父，也就表示不收我這個徒弟，畢竟我們以後要結髮做夫妻，夫為天，妻從夫命，你讓我跟著喊祖宗……」她意味深長地看他，她先欺師滅祖，拔光他的白鬍子，再放火燒了他頭髮，看他拿什麼招搖撞騙。

「這……」季不凡一臉困擾，明明他只想收一個徒兒，為什麼要被迫多收一個，他心裡那道坎過不去。

「老頭，一句話，你收不收？」是他自個兒找上門的，休怪她點燈捉耗子，打死不放。

季不凡猶豫了再猶豫，撫著美鬚長嘆三聲。

有些人天生合眼緣，一對上眼便知緣分深厚，怎麼瞧怎麼喜歡，溫顏對於季不凡而言便是如此。

季不凡生來反骨，向來不是能忍氣吞聲，逆來順受之人，遇上事情總要搏一搏，不輕言放棄，也不肯認命，而溫顏獵野豬的一連串舉動，讓他看出她也是這樣的人，他就看上她那根反骨。

人以群分，物以類聚，相同性子的人就該聚在一起，季不凡想將自己這份精神傳承下去，溫顏是他六十餘年來所見最合他心意的火種，他要這把火綿延不斷，一代接一代。

可惜火種本人意願不高，也不願意成為火之聖者。

「老頭，本姑娘的脾氣不好，你不吭聲，我咬你哦！」等久了會讓人失去耐性，而她一向缺乏耐性。

季不凡臉色難看地輕哼，「看在妳的面子上，老夫勉為其難收他為徒，可他不許得意忘形。」

「風錦年，快跪下。」目光一閃的溫顏伸手一推。

「咦！跪下？」他還有點犯傻。

「拜師，三叩首，快點。」時機不待人，一旦錯過了不復再來，這是他的機緣。

風錦年被趕鴨子上架，莫名其妙拜了個師父，磕了三個響頭後還有些不知所然，他不知道師父是誰，也不曉得為何拜師，迷迷糊糊中，他多個神仙師父。

「該妳了，丫頭。」這隻長著小牙的幼狐，他要看她何時長出九根無雜色的狐狸尾巴。

「說什麼呀，聽不懂。」溫顏頭一甩，濃黑髮色的麻花辮子像烏黑鞭子輕甩。

「輪到妳給為師的磕頭，我讓妳當這小子的師姊。」季不凡捻鬚呵笑，神態極其愜意。

她裝傻的一眨眼，「老頭，你是不是搞錯了，我可沒說要拜你為師，我這人野慣了，不想多個人管我。」

前一世的她是個孤兒，不到十歲就被吸收進了殺手組織，她在烈日當空的沙漠經過長達半年的訓練，又在最嚴峻的冰寒極地單獨生活四個月，在極高的山裡被放逐三個月，深入海底忍受水壓的壓迫，在爆破聲中殺光曾經一起受訓的同伴，從熊熊烈火燃燒的高空逃生才算是合格殺手。

她在殺手組織待了三年，摸清了他們內部的運作和高階人員，她殺掉一個又一個認識她的人，銷毀和她有關的所有資料，利用無國界醫生身分來掩飾，另起爐灶，自立門戶，成為獨立行動的殺手。

她的前一世幾乎在訓練和殺人中度過，她從沒有過過一日可以開懷大笑的生活，因此這一世她要做自己，不再受制於他人，不想每日無止境的學習她不想要的東西，被迫扯入周而復始的惡夢中。

「臭丫頭，妳想反悔。」狡猾、狡猾，小小年紀居然言而無信，要起他老頭子了。季不凡氣呼呼的吹鬍子瞪眼。

「師父，溫顏自始至終也沒說過她要學武，她一開始便言及自己身虛體弱。」一見老人氣得噴氣的要拎人教訓，風錦年連忙擋在溫顏身前，不讓剛拜的師父傷她分毫。

看著那單薄的背脊，溫顏心裡五味雜陳，在她兩世為人的記憶中，還沒人肯為她遮風擋雨，他們看到的是她的無堅不摧，從沒想過她有脆弱的一面，也需要可依靠的肩膀。

這輩子，她第一次有爹，也第一次感受到何謂父愛如山，雖然溫醒懷是個濫好人，可是對女兒的疼愛是真心誠意，幾乎是毫無理性的溺愛，有求必應到她都不忍心欺負他，只想護著這份真。

她也是第一次擁有一個未婚夫，雖然兩人的婚約是長輩定下，雖然風錦年是個手無縛雞之力的書生，還傻呆呆的，可他卻是真切地把她當成自己的責任，願意關心她、保護她。

「別叫老夫師父，她不拜師老夫就不收你，真把老夫當神仙，沒個脾氣。」他不高興，丫頭、小子一樣壞，心眼多，他幾十年的歷練竟栽在兩個小娃手中，大宗師的顏面要往哪裡擺，沒臉皮了。

「師父，我都磕頭了，你不能不收。」風錦年性子也執拗，一日為師、終身為父，哪能說不要就不要。

「哼！」老人高傲的哼了一聲。

「老頭，你也別端架子了，先教幾天讓我看看你的本事，真能把他教出你那飛來飛去的身手，我肯定拿你當師父看待。」溫顏先糊弄季不凡，頑童心性的老人很好哄，她向來擅長應對老人和小孩，他們缺乏的是別人的關注。

季不凡頓時一喜，「妳說真的？」

他沒聽出話中的陷阱，溫顏只說拿他當師父看待，可沒說一定會拜入門下。

如果她和風錦年的婚事沒出差錯，他的師父不就等同於她的師父，夫妻一體，還能分出彼此嗎？

「我長了一張騙人的臉嗎？」白淨秀氣的小臉清純無邪，端得是人畜無害的模樣，一雙泉水般澄澈的大眼是如此明亮，叫人油然生出好感。

「好吧！信妳這丫頭一回，老夫還能活到一百二，看妳能使出什麼把戲。」他不信收服不了她，他吃過的燒雞比她穿過的鞋還多，走著瞧。

一老一少各懷鬼胎、拚心機，誰輸誰贏且看明朝。

「一百二？我以為您老有二百歲數了。」除了少了皺紋，他怎麼看都像老妖怪。

「呵呵呵……老夫是壽與天齊，能活到二百……不對，妳說老夫老？」猛一聽是讚他老當益壯，長壽不老翁，但仔細一想，這丫頭沒好話，分明暗指他老得該躺棺材底了。

「你都自稱『老夫』還不老，難道你自以為還像我們這等年輕人。」溫顏指指自己和風錦年，兩人的年歲和他一比，那真是參天大樹底下的小樹苗，沒得比呀！

「妳……妳……不氣、不氣，不中妳這壞丫頭的詭計，老夫收徒總要知道你們的名字，報上名來。」他好讓人記在名冊裡，讓其他門徒知曉他又收了徒弟。

風錦年看了溫顏一眼，答道：「我叫風錦年，十二歲。」

「溫顏，九歲。」說完，她不禁感慨，好年少，前一世的九歲她可是處在水深火熱中，接受殺手訓練，哪像如今，她只要煩惱如何避免爹爹亂花錢。

「溫顏，風錦年，嗯嗯，好，三日後的這個時辰再來林子裡，為師教你們入門功夫，喏，這本心法先拿去看看，不求你們背得滾瓜爛熟，最起碼要牢記在心，有心法打底，練起功來更事半功倍……」

背書對兩人而言，根本是信手拈來的一件小事，薄薄的一本冊子不過十來頁，從頭翻到最後一頁也背下七、八成。

真的不難，風錦年出身世家，打三歲就啟蒙，也接受名師教導數年，雖然後來流落山村，也並未中斷學習，因此背起書毫無難度，一天之內便背完整本心法，還能融會貫通，師父未教已知如何氣沉丹田。

而溫顏並非真的九歲孩童，她學過速記，說不上過目不忘，可記東西比誰都快，一本書翻過三遍也就差不多了。

於是半旬後，季不凡看著兩人，滿意的很。

「嗯嗯，不錯，沒想到你這小子還是個學武的苗子，吃得起苦，性子堅毅，為師教過一遍就能耍上幾招了。」看來沒白收徒弟，雖說拳頭力道上稍嫌不足，但下盤極穩。

「師父，徒兒練了九十九遍了。」他的手快抬不起來了，沉得有如綁了幾十斤重的石塊。

「功夫下得深，日後活命的機會大，不把底子打好了，你的功夫不過是空中樓閣，老實點，再來九十九遍。」學武功哪能偷懶，一步一步往上爬，肯付出的人才有收穫。

「什麼？」還要九十九遍……他會累死吧！

覺得全身骨頭快要散架的風錦年面有苦色，卻咬緊牙關，把師父教過的招式再一一練過一遍，心裡默唸心法，把氣導入丹田，運行小周天。

他告訴自己，習武強身沒什麼不好，學好武功就能保護自己想保護的人，他爹的事不能重演，娘的身體也需要他的照顧，習得一身好武藝便能入山採藥，不怕毒蛇猛獸。

還有溫夫子和溫顏，日後他們也會是他的責任，因此他要變得更強，將所有他在意的人守護在羽翼下。

憑著這股信念，風錦年十分認真的學習，不敢有一絲一毫的懈怠，吃得苦中苦、方為人上人，他想為他死去的爹討回公道，讓娘得到公平的對待，不論是誰都不能將欲加之罪推到他們一家人頭上。

只是他怎麼也沒想過，他因為一身武功和才學，在往後的日子裡會和皇家人扯上關係，終其一生糾葛不斷。

「任重而道遠，為師的看重你才會一再的要求你，學武不可取巧，想要日益精進唯有不斷的自我磨練……」他語重心長，又帶著些沉重和期許。

「是的，師父，徒兒謹記在心。」就像讀書一樣，逆水行舟，不進則退，個人修為要靠自己努力。

季不凡略帶滿意的一點頭，「有學武的決心就好好練，不出三年就小有所成，十年內能登上一流高手。」

「十年太久了，老頭你行不行呀！別三腳貓功夫也自稱天下第一人。」哈！好睏，天沒亮就挖人起床練武，太不人道了，她會長不高。

看著正在打哈欠，一臉睏意未消的小丫頭，又氣又惱的季不凡卻拿她沒轍，非常無奈。打不得、罵不得、說不得，還不能有一句重話，脾氣壞到老貓都嫌，一說她就翻臉，使起性子給人臉色看。

「妳看看妳，成何體統，讓妳一早來習武，修習內力，早起鍛鍊有助於筋脈的通暢，可妳做了什麼，這是學習的態度嗎？」完全是背道而馳，沒一點上進心。

「我本來就不想學武，把手臂都練粗了……」溫顏小聲的嘀咕著，拿了顆紅果子啃。

「你說什麼？」季不凡瞪大眼。

年紀大了，耳背吧！

「我是說一日之計在於晨，練練身子精神好，看這春光明媚、百花盛開……」正好眠，沒說出的三個字是溫顏內心的想法。

「那妳還不從妳的小懶窩爬起來，把心法裡的洗心經練一遍。」他沒見過這麼懶的丫頭，似乎除了吃之外什麼也不感興趣，偏又悟性高得一點便通，讓人為她的懶性著急。

季不凡是越看越生氣，看到鬍子都要著火了，溫顏的「小窩」叫人不惱火都不行。

沒法早起的她是由風錦年揹著來，而她到林子的第一件事不是鍛鍊身體蹲馬步什麼，而是把一張油布往草地上一鋪，她自備棉被和枕頭，被子鋪平放在油布上頭，人往被褥一捲……一隻人蛹捲得不見頭腳，連頭髮都沒露出一根，她就這麼心安理得在蛹裡睡覺，還發出令人哭笑不得的鼾聲。

日頭出來了，蒸乾了葉片上的露珠，小鳥嘰嘰喳喳地在林子中覓食，小兔子、小松鼠一一冒出頭，在林間、在枝椏間穿梭，為了填飽空腹，溫顏卻怎麼也不肯睜開眼，她把自己裹得像化蛹的蟲子一樣，能睡盡量睡，直到餓了想吃東西才醒來。

「我練了。」沒啥用處。

他一聽，手癢得想打人，「氣存丹田，再練一遍。」

「氣在哪裡？」感受不到，她只聽到腹鳴聲。

「氣無所不在，遊走在妳的身體裡面，妳要用心去引導，讓它進入妳臍下三寸處，那裡便是丹田。」他耐下性子教導。

「太難了，有沒有簡單一點的，要不你直接教我輕功，哪天逃難用得上。」天有不測風雲，人有旦夕禍福，要是有個天災人禍，至少要跑得比別人快，以免大難臨頭。

「還難？妳到底有沒有心要習武，就算是輕功也要有內力輔佐，沒有內力妳如何飛得起來。」異想天開，剛學走路就想跑，若有不用學就會的武功還輪得到她嗎？早被人搶走了。

「不是還有『灌頂』一說嗎？你輸個十年、八年的內力給我不就得了，收徒都得給個見面禮，你什麼也不給……」未免太小氣了，寒酸師父惡劣徒，上梁不正、下梁跟著歪了，別說她不敬師尊。

季不凡跳腳，「妳妳……溫顏，妳是生來捅破天的嗎？」把天捅破了，禍害一干神仙。

半年後。

「為師要走了。」

乍聞此言，一人面泛喜色，一人心有不捨，兩副迥異的神情叫人不知該笑，還是該哭。

有徒如此，真是命中的劫數呀！

季不凡看著眉眼尚未長開的徒兒們，心底嘆了好大的一口氣，一個是發自內心喜愛，想要傾力教導，教出驚天動地的不世之才，可偏是心性怠惰，狡猾如狐，一心等著天上掉餡餅，另一個勤奮有餘卻少了些天賦，武功學得尚可，但是機敏不足，未曾開竅。

若是兩人能互補長短，稍微中和一下，他此生也就無憾了，不用為他們那麼一點點缺失感到憂心忡忡。

「老頭慢走，不送。」終於可以睡個飽覺了，她好久沒能睡到自然醒，上山採野果、草藥。

一見她樂得露出八顆白牙，季不凡氣得又想打人了，「妳就不能擺出難分難捨的嘴臉，叫為師瞧了心裡舒坦些，少些分離在即的惆悵，白眼狼說的就是妳。」

溫顏搖頭，「我是老實人，裝不出來，你一路好走，有事沒事別聯絡，就此別過，一別千里，千山萬水難相見。」

「妳要是老實人，這世上便全是好人。」季不凡氣惱的抬起手，往頑劣徒弟頭上一揉。「天山離此不遠，也就半個月行程，哪天路過了就上山來瞧瞧師父。」

「我們一定沒空。」您老別指望，逃出虎口，哪會自投羅網往虎穴鑽。

「溫顏。」一旁眼眶微紅的風錦年輕喝一聲，他不希望師父就要離開了，她還冷心冷肺不當一回事，人非草木，孰能無情，經過幾個月的相處，鳥獸都會產生感情，何況是人。

「你也別罵她了，為師這輩子遇上她是現世報，當年你們師祖被為師的離經叛道氣得吐血，他說不是不報，時候未到，如今不就一語成讖了。」

季不凡自嘲也感慨，天道輪迴，誰也饒不過誰，往前細數幾十年，他何嘗不是師父眼中的頭號頭痛弟子，為他操心，為他煩憂，最後還是放不下，圓寂前將畢生功力傳給他。

七十歲不到的他已有兩甲子的內力，他身為天下第一人但內心始終有愧，心裡念念不忘師父生前的遺憾。

看到老頭面上的苦笑，溫顏心頭被什麼螫了一下似的，微酸。

溫顏抿嘴道：「看在你對我還不錯的分上，我們成親時請你來坐主位，不過你不來更好，省了一頓喜酒，你太能喝了……」

「主位」一聽便知是把他當父執輩看待，季不凡聽了還亂感動一番，欣慰孺子可教也，沒白給她十年功力，哪知話鋒一轉竟是嫌棄他酒鬼一個，當下他的滿心感動一下子掃得一乾二淨，剩下的是怒髮衝冠，火冒三丈，不打她皮開肉綻枉為人師。

「臭丫頭，為師的要教教妳何為尊師重道。」他一伸臂，化掌為爪，捉向她肩頭。

「呿！為老不尊，要走就走還欺負人。」她又恢復素日的毒舌，開口回嗆，雙臂一打平有如蒼鷹展翅，氣提丹田往後滑行。

她武功學得真的很丟師門的顏面，七零八落不堪入目，唯一學得精的是輕功，她左彎右拐繞著樹東縮腦袋西抽腿的，滑溜得像小泥鰍，一時半刻竟然躲過季不凡的拿手功夫鷹爪功。

溫顏不是天生懶性子，而是認為已有防身之技就不用多此一舉了。

且他們生在一個偏遠的小村子裡，離繁華似錦的大城甚遠，村裡全是沒什麼大志的百姓，小打小鬧的事兒是不少，可真要鬧出人命的大事不曾有，能不吃虧就好了，學打打殺殺的功夫有何用，難不成要他們行走江湖不成？

多一事，不如少一事，這是她想過安定生活的心態。

前一世她四處為家，是個無根之人，坐著飛機往返各國，沒有一個地方是她的家，有時猛一醒來不知身在何處，她還要看手機中的行事曆才知身處何地，又要殺什麼人。

那種悵然若失的空虛感是再多的金錢也彌補不了，她有私人遊艇、豪華別墅、世上速度最快的跑車、別人想要也要不到的渡假小島，以及自己實力超強的傭兵軍團。

她想要的都有了，唯獨親情買不到。

所以這一世的她什麼也不要，雖然生母早逝，但她還有女兒奴的爹，至少她有根，知道自己是誰，祖上數代有跡可循，她不是舉目無親的孤兒，為了心疼她的人，她甘於平淡，不再涉足刀光劍影，爭一時長短。

可偏偏多了老想給她大造化的季不凡，追著要收她為徒，躲不過的她一咬牙提出叫人接受不了的難題，想當她師父就先給十年內力當見面禮吧！不然沒得商量。

誰知季不凡像是咬上她了，二話不說的以掌覆背，傳了十年內力。

平白得來好處她內心有愧，於是就修了一門輕功，有了季不凡內力的加持，她練起輕功來真的事半功倍，沒花多大的勁便身輕如燕，飛身一縱足有一丈遠。

不過一開始練她也撞得鼻青臉腫，被當師父的嘲笑好些日子，畢竟人不是鳥，不會飛，且她基本功不扎實，內力又並非自己修習而來，不能好好控制，一個沒拿捏好有了偏差，不是撞樹，便是摔個四腳朝天，渾身青青紫紫沒法看。

「被妳氣得少活三年，為師的不該找妳算帳嗎？」季不凡移形換位，一個箭步拎住還想跑的猴兒。

「人活那麼久幹什麼，兒孫都不在了獨留你一個孤寡老人多可憐，日暮西山、背影淒涼，我是孝順，讓你早日羽化成仙，以免淚灑黃泉……」做神仙有什麼不好，不是他一心所求嗎？人就是貪心，既想與天同壽，又不願早早辭世，拋去舊皮囊，換上新羽衣，妄想兩全，事事如意。

「臭丫頭，妳還說，真想我早死呀！」他忍不住往她腦門一彈，教她規矩。

「不公平，你以老欺小。」揉著頭，她一雙水汪汪大眼瞪得圓如滿月，裡面蓄滿不平。

季不凡一手拎人，一手撫著鬍子哈哈大笑，「那就練好武功找為師報仇，妳……嗯！大概再練上三十年。」

他頗為看好她，予以重望，像天山派掌門已五十有三，季不凡對他的評語是：今生無望，且看來世。

「我還不如去掘屍。」溫顏認命了，放棄掙扎，她小胳臂小腿的，哪掙得開百年老妖。

「掘屍？」聽來不像好話。

「是呀！掘屍，我今年才九歲，肯定死在你後頭，等你死後我再挖出你的屍體，看是要踩、要踢，鞭屍抽骨好呢，還是挫骨揚灰、屍骨無存也行，你想你死都死了，還能白骨生肉跳起來，朝我大喊大逆不道嗎？」她故意說來氣人。

人生七十古來稀，季不凡也已經六十多了，還能再活幾年？就算練就絕世武學，能洗筋伐髓，但真能如他自個兒所言活到一百二十歲？她存疑，現代醫學那般發達，百歲人瑞也不多見。

「好呀！臭丫頭，連為師的身後事也不放過，看我清理門戶……」

季不凡大掌作勢要往她天靈蓋一拍，拿她小命，實則看她口無遮攔，遲早因此惹禍，而想多給她十年功力，以她的機智，有了他二十年內力足以保命，江湖上殺得了她的人寥寥無幾，他大可安心離去。

可風錦年學武經驗尚淺，也少了溫顏看透人心的機靈，一見師父面上生怒要朝小未婚妻下手，豈有坐視不理的道理，不加思索的出掌，要攔住師父那隻往下拍的大掌。

季不凡怎會沒有察覺，轉而一抓溫顏衣領，運起輕功，躍上樹梢，溫顏驚呼著阻攔，已經來不及了。

「風錦年，住手。」這個笨蛋……

「小徒仗義呀，丫頭，可惜了。」她沒這福氣。

樹梢上的季不凡眼神複雜的看看自以為救了溫顏一命的風錦年，這孩子耿直，可是他第一眼看上的不是他。

緣分這玩意兒真是玄妙，有緣無分、有分無緣……罷了、罷了，順其自然，強求得來的不是緣，而是債。

「師父，您把溫顏放下，她只是說話沒遮攔，並無惡意。」拎得那麼高，萬一摔下來可就疼了，風錦年仰著頭，看著站立在樹梢上的師父拎貓似的拎著雙腳凌空的溫顏，叫他心驚膽跳。

「你真要為師的把她丟下去？」他目光閃閃，似笑非笑的看向比狐狸還精的小徒弟，她回以眨眼一笑。

「我接著。」風錦年的意思是師父扔吧，不管有沒有接好，都不會摔著溫顏，他墊背。

「接好。」

季不凡手一鬆，真把人往下扔，可說要接人的風錦年也沒接到人，因為他一鬆手，溫顏在半空中翻身，踩著橫出的樹枝輕輕一壓，借力再輕鬆的跳下地面。

「說你是個傻的你還不信，傻到我不忍直視，賠我十年功力來。」溫顏一落地便往風錦年胸口戳，本來想戳他腦門，但不夠高。

「十年功力？」他一怔。

「丫頭，妳得教教他，這小子傻里傻氣的。」一點也配不上溫丫頭，她多吃虧。

「該教還是會教，不過你就要走了，不留下一點什麼當念想嗎？」眼中泛著狡黠的溫顏不客氣的索要好東西。

季不凡兩眼一睜，好生不快，「不是徒弟該孝順師父嗎？怎麼反過來徒弟坑師父。」

「少說廢話，拿來。」她手心向上。

他瞪了瞪眼，從衣袖中飛出幾本書，「這是包含為師畢生所得的機關術，妳拿去瞧瞧，也許哪天能派上用場，還有醫書和失傳百年的百草藥典也一併給了，妳對學醫頗有興趣，那小子的娘也許能多活幾年。」

「師父……」風錦年感恩在心，自從他爹死後，他娘便一蹶不振，已有油盡燈枯之勢。

季不凡搖搖頭，「你呀！太婆媽了，這性子不好，肯定是名字沒取好，今日為師賜名『震惡』，從此而後你便是風震惡，威震八方惡人、惡事、惡鬼，以心為劍，劃開諸方萬惡……」

第三章　女人的嘴不可信

風錦年……不，風震惡自從被師父賜名之後，心性上似乎有些改變，除對待自家人以外，不再凡事隨和，也不會別人說什麼就是什麼，在他認定的原則內不容人逾越。

當然溫家人例外，尤其是溫顏，那是日後與他同床共枕的小娘子，他自是往心裡擱，處處以她為主，把她當成自己人，連兩人一起賺的銀子也交予她保管，由她一人管兩家事。

只是看了好幾個大夫，藥也吃了，他娘的病情還是不見好轉，整日懨懨的，一日日的消瘦。

「娘，喝碗粥吧！」

眼神空洞的容嫻玉回過神，看了神似丈夫的兒子一眼，鼻頭發酸，「吃不下……」

「是溫顏煮的魚片粥，她特意下河撈的，還把魚刺都給剔了，我嚐過幾口，不腥，有魚的鮮味。」溫顏教過他煮粥，可是他不是煮焦了，便是水放太多，糊成米湯。

「是那孩子呀，小姑娘人挺好的……」就是出身太低，一個鄉下丫頭……她有些瞧不上小山村裡的村姑。

在她心裡還是拋不開大戶人家的身分，她一出世便是備受寵愛的世家嫡女，一生富貴，沒受過委屈，爹寵娘疼，一家和樂，兄弟姊妹間少有口角，丈夫也是對她百般疼寵。

可是公爹偏心，聽信寵妾讒言，他們只好被迫離府，想著等事過境遷再回府，她相信虎毒不食子，公爹怎麼可能不要親生兒子，難道他要將家業傳給庶子嗎？

她一直這麼認為的，遲早有一天會回到錦衣玉食的風府，她仍是高高在上的二少夫人，婢僕成群的侍候著，她的兒子依然是孫輩最被看重的大公子，他是嫡子長孫。

但是隨著丈夫的離世，她感覺到回去的希望越來越渺茫，心底希冀的火苗逐漸熄滅。

回不去了吧！她想。

即便如此，她還是有一絲渴望，就算他們夫婦有生之年無法光榮歸府，至少她的兒子是風府子孫，公爹再無情也不能漠視自家香火流落在外，他以後的妻子應該是名門閨秀，而非家無恆產的喪母女。

在世家有三不娶，守灶女、刑剋女、喪母女，前者是要招贅，後兩者則為不吉、不祥，娶之家宅不寧，不過鄉下人家倒沒這麼忌諱，只要人品好、懂事、家境尚可，若是再生得好，那可是人人搶著要，尤其還是夫子之女，本身識字，更是小門小戶眼中的好媳婦人選。

若非風長寒生前先定下這門親，溫家的門檻早被媒人們踩爛了，哪由得早已不是世家夫人的容嫻玉嫌棄。

「是呀，溫顏人很好，她還陪我上山給妳採草藥，上回那根十年蔘就是她採的，給妳燉雞湯喝。」他沒說還有一根五十年分，他們拿到藥鋪裡賣，得銀三十兩，一人分了十五兩，他們拿了銀子各買了五十斤白米、二十斤白麵、一些鹽、醬油等調料，以及幾套成衣和鞋子，割了三十斤肥肉煉油……

溫顏做什麼都會想到他家，連他沒想到的也處理得妥妥當當，還特意弄了本小冊子記帳，每回他給了她多少銀子，或是用了多少銀子都會一一記下，讓他過目了才收起來。

其實她不用做得這般仔細，雖然他一直沒開口，但是這世上他唯一相信的人只有她，她從來沒有看不起他，在他最需要有人陪伴時，她始終默默地陪在他身邊，以無聲的行動告訴他，他不是一個人，她在他身側。

風震惡把魚片粥吹涼，送到娘嘴邊，他知道他娘和溫顏不一樣，不甘心粗茶淡飯，想重回富貴窩當個高高在上的貴夫人，因此她看不見年僅十二歲的兒子為生計奔波，習字描紅的手早已長滿粗繭。

「年兒，娘真的吃不下，你放著吧，一會兒娘餓了再吃。」她想的是碧粳米飯、黃山燉鴿、三鮮鴨子，還有珍珠雞……魚片粥太寡淡無味了，不合她胃口。

容嫻玉不是不餓，而是想要昔日的美味佳餚。

她嘴上不說，眼神卻流露出來，也有些埋怨溫顏耽擱了她兒子，以她兒子的容貌和學識，何愁娶不到鎮上大戶人家的千金。

看著魚片粥，她心裡想的是悔婚，另為兒子尋一門貴親，可是她開不了口，目前母子倆全賴溫家父女的救濟，若是她把兩家交情搞砸，不只兒子怨她，她一日三服的藥也斷了。

「娘等一下還要吃藥，不先吃飽容易傷胃。」他站著不動，捧著粥碗等娘張口。

「我不吃……」看著兒子的固執，她不快的板起臉，丈夫沒了，兒子不孝，她還活著幹什麼？

她越想越傷心顧影自憐，認為這世間容不下她，原本被人捧在手掌心的千金小姐如今落得看人臉色過活，吃也吃不好，穿也穿不好，她連回娘家哭訴都抬不起那個頭，身上半件像樣的首飾也沒有。

她自怨自艾，怪天怪地怪婆婆太過軟弱，管不住公公讓個偏房爬到頭上作威作福，害得他們也受到牽連，有家歸不得，如過街老鼠，人見人厭。

風震惡還沒開口勸說，溫顏的聲音已經傳進來──

「風嬸子為什麼不吃，是嫌魚片粥煮得不好吃嗎？」有得吃還挑三撿四，她爹吃得津津有味，直說女兒手藝好。

看到不請自來的溫顏，本想跟兒子耍耍性子的容嫻玉面色訕訕，「哪會不好吃呢！是我這身子不濟事，明明餓了卻沒胃口，不管吃什麼都覺得嘴裡淡得很，沒滋沒味。」

──她故意說嘴淡，用意是要溫顏識趣點，別老是弄些上不了檯面的家常菜打發她，好歹做幾道江浙名菜，或是蘇洲甜點，有魚有肉擺上一桌，不要顯得小家子氣。

不過溫顏沒理會，任她自說自話，還沒過門呢，就想把她當小媳婦使喚，想擺婆婆的架子還早得很。

「我娘去得早，沒人教我灶上的事，嬸子妳別介意，哪天妳身子骨好一點，就教我做兩道妳的拿手菜，我肯定做得讓妳挑不出錯……」

「拿手菜……呃！呵呵……」容嫻玉笑得很不自在，十指不沾陽春水的她哪會做飯，她的午膳一向是隔壁給私塾學生煮午膳的周大娘多煮了他們家一份，晚膳也是溫顏端來的。

以前還有丫頭、婆子洗衣、做家事、打掃裡外，自從手裡銀子花光了以後，這些雜事以一個月五十文請村裡的大娘幫忙，有時兒子也會幫著做，而她不是病著嗎？實在做不來。

容嫻玉還當自己是茶來伸手、飯來張口的貴夫人，丈夫死後她也垮了，整天胸悶、頭暈、下不了床，大夫來了一個又一個，可沒一個能看好她的病，只說心緒鬱結導致。

說穿了是心病，她自個兒不想好起來一直病著，寧可喝苦得要命的湯藥也不願承擔為人母的責任，裝著裝著就真病了，藥食難進，終日鬱鬱寡歡，不時以淚洗面，表示她心裡苦，苦到衣帶漸寬，無人可依靠。

「嬸子還是把粥喝了吧，藥已經熬好了，擱在桌上，晚一點我們還要上山，家裡的柴火不夠用了，妳這會兒要是不吃，等我們回來都晚了，妳要餓上兩頓嗎？」她可不慣她，人在福中不知福。

「什麼，你們都不在家？」一聽自己要餓兩頓，容嫻玉胃口就開了，魚片粥就魚片粥吧，她忍一忍也是吞得下去。

她是想吃好的，可是此時不吃就沒得吃了，魚片粥放涼了有腥味，難以下嚥，她一個婦道人家又不好上鄰家向溫夫子討飯吃，今日休沐，周大娘不會來幫忙，一男一女閒話多，她不能壞了名聲。

「是呀，時候不早了，我們得趕緊出門，前些日子下了一場雨，路上泥濘，不能走得太快，而且村裡老人說看這天氣還會再下雨，早一點上山才不會被山雨困住……」溫顏說得頭頭是道。

從季不凡走了之後又過了三個月，原本炎熱的天氣進入初冬，滿山的花花草草也快凋零枯萎了，枯黃的落葉一片片飄下，漸漸露出粗細不一的枝幹，正好砍來當柴燒。

冬天來得早，雪一下便寒冷無比，也不方便出入，因此囤積柴火要趁早，越多越好，不然雪一落下，別說上山砍柴了，只怕一出門積了厚厚一層雪，都多走兩步都過不去。

不過拾柴只是藉口，他們今日說好要去的是更危險的深山，風震惡一邊練武，一邊用所學的功夫打獵，所獵得的獵物一半拿回家，一半用鹽醃著，或是燻成肉乾，放在兩人才知道的山洞裡，洞口用大石頭堵住，人與獸都進不去。

這是冬天的儲糧，有備無患。

兩家都沒地，自然沒有秋收的糧食，而他們年紀尚小，真要出去幹活也沒人雇用，所以盡量由自個兒儲存，省去一筆肉食的費用。

而溫顏則在山裡跑跳，練習輕功，爬上爬下的找尋可用的藥草，能賣錢就賣錢，價錢低的便自用，兩人每隔半個月就去鎮上一趟，賣掉藥草再買些米糧，維持家中米缸不空。

看容嫻玉總算吃飯，風震惡鬆了口氣，準備好上山會用到的東西，便跟娘親告辭，出發去山上了。

誰知道，路上又聽見讓人煩躁的話語——

「喲！溫顏又帶妳家童養夫去哪兒呀！人家是讀書人，別把人帶壞了。」

出門沒看黃曆，今天是不是諸事不宜？

很想翻白眼的溫顏腹誹！真倒楣，怎麼又遇上賣豆腐的陳三娘，以及她含情脈脈看著風震惡的女兒大妞，那眼神太叫人噁心了，像是一塊豬肉上頭黏了一隻死蒼蠅，讓人吃它也不是，不吃也不是，噁心到喉嚨口了。

「溫顏還小，請不要在言語上多造是非。」面色微慍的風震惡兩眉一蹙，對小未婚妻多有維護。

「嘖嘖嘖，童養夫說話了，你還護著她呀！兩人同進同出得臉皮多厚，咱們村子可由不得人胡來，若是出了事，恐怕得沉塘。」一見不得人好的陳三娘越說難聽，兩眼像賊似的看著兩人，一副認為已有姦情的模樣。

她也不想想溫顏才九歲，風震惡也才十二歲，尋常來說兩人對男女之事能有什麼了解？無非就是自己心思齷齪，看誰都無恥。

「三嬸子，我這臉皮多厚妳也看得出來呀！果然是火眼金睛，不過我這人有自知之明，不會盯著別人的未婚夫看得目不轉睛，嘴角口水直流。」

那明擺的垂涎誰瞧不見，雖說這時代的女子嫁得早，可即便再早熟，也不能這樣盯著旁人的未婚夫，有她溫顏在，想白摘桃子那是大白天作夢。

「你說誰看男人看到發花痴，我……」正想罵人小騷貨的陳三娘眼角餘光一瞟，正好瞟見女兒一臉痴迷，兩眼發直的看著風家小子，一時沒臉的氣悶在心，胸口痛。

誰知倒楣事接踵而來，她剛挪挪腳，小腿肚針扎似的一痛，膝蓋因痛往前一曲，肩上擔子往前一傾，人和擔子一起倒向地面，原本要賣的豆腐也掉滿地，碎成豆腐渣。

更不幸的是，地上一坨剛拉的牛屎，還熱著，她面朝下趴在牛屎上，吃了一大口牛屎，把過往村民笑得直不起腰。

「溫顏，走了。」風震惡看也不看陳三娘一眼，拉起小未婚妻的手便往山上走去。

「你做的？」她眉眼都在笑。

「她活該。」每次嘴臭還亂噴糞，好似見人不說幾句刻薄話便渾身發癢。

「幹得好。」長進了，不是一根筋的楞頭青。

聞言，他嘴角揚高，「總不能老讓她欺負人，造謠生事，我們本來就是未婚夫妻，同來同往有什麼不對，她管哪門子閒事，我們一天吃幾碗飯她也要管嗎？」

溫顏心情極好的戳戳他手臂，「她家女兒看上你了，想來跟我搶人呢！」

「打趴她。」什麼人吶，風、溫兩家的婚約眾所皆知，是村長見證寫下的婚書，是誰都能搶的嗎？

「你打還是我打？」她學得雖然是輕功，不過她也持續鍛鍊身體，有前世的技術在，打人還有兩下子，等她把老頭的機關術吃透了，再來困人玩兒。

「我打。」怎能讓她動手，這是男人的事。

十二歲少年自稱男人，這話讓人聽見了準會笑破肚皮，不過以風震惡的外觀來說，他的確接近成年男子的體形，半年多的勤勉習武，讓他修長消瘦的身形健壯了不少，個頭也抽高，乍然一看頗像那麼一回事。

他和溫顏站在一塊，兩人的身高差立現，他顯得高大而魁梧，麻雀似的溫顏小小的一隻矮不隆冬，叫人看了忍俊不禁。

「我們不做不厚道的事，打人是不對的行為，下回再摔她一嘴泥，最好連門牙都沒了。」那才好看。

「好，我聽妳的。」他們不害人，但也不能任人毫無顧忌的欺上門，認為年幼便沒了反擊能力。

溫顏好笑的側頭看他，「真的都聽我的？」

他咧開一口白牙笑著，「師父說妳比我靈慧機靈，聽妳的不吃虧。」

「不怕被我帶壞？」她一向秉持著人不犯我、我不犯人，若是柿子朝軟的捏，她也會讓人知道捏了一手柿泥的滋味如何。

「帶不壞，妳是怎樣的人我最清楚，這些年若沒有妳和溫夫子，我們家早就撐不下去了。」他不是不知感恩的人，爹娘和村人格格不入，若非溫家人的和善對待，他們一家人很難融入天坳村，甚至會被排擠。

可笑的是，他娘至今仍看不清現實。

就如他改名多時，眾人都改口喊他新名字，可他娘仍活在過去的日子裡，絲毫不曉得風錦年已被風震惡取代，錦色綺年已經不在了，她的重返榮華夢早已隨風而逝。

「我爹和你爹談得來，他們是棋友。」爹的嗜好不多，也就下下棋，而在幾個小村落當中，也就風叔叔能和他下幾盤，知音難尋，只可惜……春柳易折，花開難常。

他苦笑，眼神黯然，「溫夫子是好人，要不是有他不時的寬慰我爹，我爹只會更加的難以開懷。」

他爹有著書生的意氣，即便日子再難過也不肯輕易低頭，憑藉著讀書人的氣節苦苦硬撐，堅決不回去向祖父認錯。

本來就無過，被人惡意誣陷，這口氣爹怎麼也嚥不下去，到死都在抗爭，想留死後清名，但是娘不能理解他，只覺得他一意孤行，明明到了山窮水盡的地步還不願服軟，將妻小置於困境中，平白將家產拱手讓人，落得自個兒埋骨他鄉的下場。

爹過世之後，娘不止一次要他寫信回京向祖父認錯，要求重回有人服侍的風府，但他和他爹一樣不想因為富貴而折腰，受盡屈辱，抬不起頭的活在異樣眼光中。

「算了、算了，別提這些令人難過的事，我們來比一比，看誰先到達山上。」風很涼，空氣中帶著草木味，沁涼的氣味讓人心情闊朗，感覺海闊天空任人遨遊。

「不行，我肯定不如妳。」他倏地拉住她，不讓她離他太遠，無來由的，他想跟她在一起，有她在他特別安心，一不見她心就慌，雖然她比他小好幾歲，可是他總覺得她是他心底的一根柱子，因為她，他才有家，不被洪流沖走。

他不喜歡和她分開，只覺得兩人應該要形影不離，她在哪裡，他便在哪裡，連他娘都不能阻止。

「不比怎麼知道，不可未戰先言敗。」溫顏面色紅潤，經過幾個月的體能訓練，以往弱不禁風的身子骨變得強健，也不再動不動就生病，一吹風便風邪入體，頭痛腦熱。

山上山下的跑來跑去，體弱多病的人也會磨成野孩子，她有自己的一套強身健體法，以及季不凡的十年內力，她早就今非昔比，強健得跟一頭小牛犢沒兩樣。

「我輕功沒妳好，真要比了才丟臉。」他有自知之明，不想滿山遍野的找人，她一入山就像飛鳥入林，整座山都成她腳下的一片雲，時而往東、時而往西，讓他連人影都瞧不著。

「我讓你。」她可以不用內力跟他比。

「不要。」他捉牢她，擔心一個錯眼她又往林子深處鑽，老半天不見人，讓他乾著急。

她噘嘴道：「風震惡，你真無趣。」一點也不好玩，在一成不變的小村落不自找樂子，人會越過越乏味。

「無趣總比喪命好，是誰被一群狼追著跑，困在樹上一整夜，差點成為狼口下的一團血肉。」那一次他真是嚇到了，兩人上山後就分頭走，他根本不曉得她沒回家，而她爹也以為她在屋裡睡覺，是他聽見山裡的狼群整夜叫而心神不寧，循著狼嚎聲上山查看，這才發現被狼圍困的她。

「我想幫你弄幾張狼皮嘛！給你做狼皮靴子，先前你的腳都凍傷了。」光塞兔毛還是不行，布靴子防寒效果差，鞋面一沾上雪，雪化了水就濕透了，雙腳更冷了。

「我寧可妳平安無事的待在我身邊，一雙狼皮靴子沒妳重要，我不要它，只要妳。」風震惡仍為那一回的凶險感到心驚，她膽子太大了，他害怕失去她。

雖然他說的是關心話語，對男女情事仍在懵懂中，可言行如一的態度讓溫顏備感溫馨。

「好啦，我答應你絕不再以身涉險，盡量遠離危險，做什麼事之前先跟你商量，你不點頭我就不做，這樣可以嗎？」

風震惡笑開了，連連點頭。

溫顏的保證能信嗎？

三年過去了，小姑娘有如養分充足的小樹苗一下子抽長了，眉眼漸開，身形玲瓏，微鼓的前胸可見少女體態，婀娜身段如搖曳生姿的荷花，叫人忍不住回眸一看。

但是她的「不怕死」一如往常，明明嘴上說著不往危險的地方去，可是一野起來就像斷線的風箏，怎麼拉也拉不住，一溜煙就沒了蹤跡，在深山野嶺之中鑽來鑽去，比住在山裡的猴子還靈活。

這就苦了寵她如命的未婚夫，每回都得跑遍整座山的找人，還得為她準備衣服和乾糧，等她玩得一身髒又餓得發慌的自個兒鑽出來，沒點姑娘樣的席地而坐。

這些年她的輕功精進不少，在風震惡的強迫下也練了一招半式的本門武功，就算遇到幾個塊頭比她壯三倍的閒漢惡徒她也有能力擺平，她闖禍的本事比她的輕功高。

「快點、快點，你屬烏龜的嗎？慢吞吞地要爬到哪時，你要是再追不上來我可不等人……」也就剩一點路了，再不快點獵物就沒了，白費她一番功夫。

因為兩人學了武功，也小有身手，打到的獵物一天比一天多，兩家人吃不完又擔心囤積太多會壞掉，所以就把大一點的獵物，例如黃羊、野鹿、山豬等賣往縣城。

鎮上也有幾間酒樓飯館，但規模不大，一次賣多了也吃不下，價錢一直被壓低，提不高，鋪子裡的掌櫃看他們是孩子老想佔便宜，嫌東嫌西又摳門，錢給少不說還說缺了斤兩，扣他們銅錢。

兩人不想一而再的吃虧，索性直接將獵物拉到縣城，一次兩次賣出了名聲，不少酒樓找上他們，只要是野味全都收，活物價錢更高，有多少收多少，價格是鎮上的三倍。

有了銀子便買地，兩個人的年紀還小，不能置產，因此記在溫顏她爹名下，他們自己不懂種地便租了出去，扣除糧稅與佃農五五分，各得一半的糧食。

風震惡也因此被村子裡的人笑話是上門女婿，童養夫的閒言閒語更是不曾斷過，把原本身子不好的容嫻玉氣得病情加重，連床都下不了，整天昏昏沉沉的，話也不說了。

不過經過三年時光，風震惡沉穩不少，對於這些閒話也不放心上，只有那些狗嘴吐不出象牙，滿嘴汙言穢語的，他才會給點「天譴」。

「溫顏，用走的，不許蹦蹦跳跳，上次扭到腳的事妳這麼快就忘了。」沒一刻安分，答應過的事隨即往腦後拋，他現在明白了，她的承諾一文不值，言而無信是家常便飯，信她是傻子。

她噘噘嘴，「哪壺不開提哪壺，我那是馬失前蹄，一時疏忽，沒留意到大石頭後面還有小一半的石頭，飛得太快煞不住才將足踝扭了。」

她也很懊惱呀，在他面前丟臉了，擅長輕功的人足下一滑，跟猴子從樹上掉下來一樣，是件十分沒面子的事，她提都不想提。

風震惡諄諄教導，「那是妳粗心大意，太過自信了，凡事難免有萬一，妳要是多留點神就不會把自己傷著了。」

她那回受傷，讓風震惡心疼了好些天，一天上藥三次又推拿，不到三天她又沒事人似的到處跑。

「好了，別再唸了，你比我爹還嘮叨，風大爺，您老貴庚多少了。」她吐了吐粉色丁香舌，調皮的打趣。

聽著她的調侃，目光一深的風震惡將她額頭被風吹亂的碎髮到耳後，「瞧妳又流汗了，要是受了風寒，有的是妳苦藥喝，到時候別使性子，說我是無情無義的冷血鬼。」

也不知是誰慣出的毛病，她喜甜厭苦，叫她嚐一點點苦就跟要她命似的，指天罵地的指稱他要謀害她。

「啐！小氣，不過說過一回你就記上了，那藥真的很苦，我的舌頭都苦麻了，好些天嚐不出味道。」

她多懷念前一世的藥丸、藥錠，感冒糖漿更便利，一服見效，黑稠的湯藥又苦又澀，光喝一口就受不了，偏偏每次都要一日三服，最少三天才能斷藥。

為了不喝苦到像毒藥的湯藥，她努力讓自己好起來，也利用所學的知識和老頭給她的醫書，自行煉製成藥。

「誰叫妳不聽話，下雨天還往山裡跑，淋了一身濕還在雨中鬼吼鬼叫，自稱是山中之王。」這丫頭一瘋起來無法無天，自以為銅皮鐵骨，無堅不摧，小小的雨奈何不了她。

風震惡說時眼中帶著寵溺，十五歲的他已像個成年男子，也知曉男女情愛，在他眼裡也就只有溫顏一人，不論是九歲時的青澀小果子，或是如今已如花逐漸綻放的模樣，他都看不見其他人。

因為有人寵著，從不拘著她性子慣著，原本還有些沉靜的溫顏越活越回去，每長一歲就少一歲似的，性情越見活潑、淘氣，還喜歡捉弄人，有時還會撒撒嬌，裝小孩。

她就是十二歲的小姑娘，杏目桃腮、唇紅齒白，看人的眼兒猶帶三分笑意，不高興就噘嘴，歡喜時拉著人轉圈圈，一派天真無邪的嬌俏樣，叫人好笑又好氣。

只是她絕對不是溫馴乖巧的小貓兒，她是有爪子的大貓，連一向言語刻薄的陳三娘見到她都避退三舍，大老遠饒道而行，就怕莫名其妙遭天譴。

「是王呀！此山歸我所管，當然我是萬獸之王。」她邊說邊帶頭往前趕，好像有什麼急事。「你走快點成不成，若是讓那頭吊睛白額老虎搶先一步，我就跟你結仇了。」

結仇？他失笑，「妳又做了什麼？」

溫顏橫他一眼，嬌聲低嗔，「你別老當我是闖禍精，我也有幹正事的時候，老頭的機關術也不好蒙塵。」

他一聽，整顆心吊起來，臉色凜冽，「溫顏，妳……」

耳邊傳來一陣獸吼聲，打斷風震惡未竟之語，他神情一肅，聆聽不遠處的吼聲，胸口突地抽緊——是熊。

「不許罵人，我和牠仇深似海，不剝牠的皮，吃牠的肉，用牠的熊骨泡酒，我恨意難消。」她等牠出現等了一年。

「是老謝？」他莫可奈何一笑。

「是牠。」那頭該死的熊。

老謝是一頭站起來有兩個成年男子高的大黑熊，前年不知怎麼了，搶了溫顏和風錦年捕獲的獵物，吃不完還用龐大的熊軀將肉壓成泥，讓他們連撿漏的機會都沒有。

算是冤家路窄嗎？在大黑熊冬眠前，牠一共搶了兩人九次獵物，把缺錢用的溫顏氣個倒仰，發誓要拿下牠。

叫牠「老謝」的意思是——老是謝謝牠來當「清道夫」，讓他們的辛苦付諸流水，替頭畜生備糧。

「妳用機關逮住了牠？」看來她佈置已久了，早就盯上牠，他腳步不由得加快，唯恐大黑熊撞開機關逃走。

「沒錯，機關在牠身上插上十二根鐵箭，讓牠流血不止，可是我一個人制不住牠，你得幫我。」一都傷痕累累還不死，熊性大發，幾棵樹都快被牠連根拔起了。

風震惡唇瓣抿緊，對她的找死行徑是無言以對。

片刻後，他訓斥道：「胡鬧，妳要到什麼時候才收起妳的膽大妄為。」

「好了，別唸了，又快入冬了，你娘的身子骨禁不起折騰，打張熊皮鋪在床上，好歹能撐過一冬吧！」

他好不容易要出孝了，可以考秀才，若再「守孝」三年，他的書不就白唸了，錯過一次又一次，人生有幾個三年能等。

而且外面的世道又亂起來了，他們進城賣山貨時聽說皇上要立太子了，可是太子只能一位，而皇上有很多兒子，因此朝堂開始分黨結派，各自站隊，輔佐屬意之人。

國家興、百姓苦，國家亡、百姓苦，不管上位者如何爭權奪利，各為其主，苦的還是底下的百姓，萬一打起來了，內憂外患，說不定還要抽兵丁，徵民夫，一去多年白頭回，風震惡還考不考試啊。

一聽是為了他娘，他目光一柔，「溫顏，謝謝妳。」

她不在意的揮揮手，「謝什麼，多此一舉。」

風震惡明白她的意思，自家人何需言謝，他沒事找事。

他的心更加柔軟，說出口的話卻是斬釘截鐵，「我不負妳。」一生的承諾。

「現在說這些還太早，以後會發生什麼事誰知道呢！」她只看眼前，把日子過好了便是對得起自己。

「溫顏，妳信我。」他只想跟她在一起，不離不棄。

溫顏瞅了他一眼，不發一語。

熊吼聲越來越近了，兩人靠近，就見巨大的黑熊以後腿站立，兩隻前掌搖晃著大樹，已經有兩棵大樹倒下。

大黑熊的生命力十分驚人，牠立起的熊軀上分別釘入十二根寸寬的鐵鑄短箭，每一根都正中要害，短箭尾端是長長的鍊子，分別繞住十二棵粗壯樹木，換言之，黑熊是被困在十二棵樹的正中央，十二根鐵鍊相互拉扯，使其動彈不得，不管想往哪邊移都會被牽制住。

只是那十二棵樹已經有兩棵倒下，鐵鍊掉落在地，而牠正在搖第三棵樹，眼看著又要被牠搖倒了……

「溫顏，讓開——」風震惡大喝。

「我要四隻熊掌，做蜜燉熊掌。」溫顏靈巧掠開，不忘說出自己的要求。

「我不會做。」剛要削斷黑熊前掌的風震惡忽地收手，一拳擊向黑熊的兩眼之間，以手中長劍劃過熊目再迅速退開，倒著飛向身後的巨石。

「不會做就學，大廚也是從學徒做起。」只要肯下功夫，宮廷御廚也不及他。

「吼吼吼——」黑熊成精了，似乎感覺到危機，更加奮力地掙開一條又一條的鐵鍊，咬掉刺進牠皮毛內的奇怪東西，雙眼看不見牠便使勁的撞，可是沒能撞到風震惡，反倒是傷口噴血，消耗著牠的氣力。

「胸口那撮白毛，再補上兩劍就差不多了。」她不信牠一身的血快流光了還死不了。

「師父給我這把劍不是用來當屠刀。」

青冥劍要哭了，它原本是削鐵如泥的當代四大名劍之一……

風震惡一邊為名劍惋惜，一邊將劍刺入白毛中，那裡是黑熊的心臟處，他劍一拔，泉水般的血柱噴射而出，染紅了熊掌下的泥土。

中劍的黑熊搖搖擺擺的走了兩步，仰頭發出最後一聲的哀嚎，龐大的身軀砰的倒地，地面揚起一片塵土。

「死了沒？」不敢靠得太近的溫顏用石頭扔熊，連扔了三次仍不見動靜，才慢慢走近。

「我來，妳離遠一點。」擔心黑熊尚未斷氣，風震惡以手撥開想上前探看的溫顏，將她護在身後。

「我的熊掌……」她念念不忘。

「知道了，我還會跟你搶嗎？」老饕的想法他不懂，不就是肉，能有什麼不同。

劍光四閃，四隻帶血的熊掌落地，似是尚未死絕的黑熊在斷掌時胸口起伏了兩下，而後歸於平靜。

「你揹得回去嗎？要不要我去村裡喊人。」幾百斤重的大熊拖不回去吧！這頭黑熊比一般熊還要大。

「不用喊人，我可以。」今非昔比，他一提氣，將近四百斤重的大黑熊被他往肩上扛，熊的上半身在背後揹著，另一半拖地走，遠遠一看像是黑熊如人在走路。

第四章　賣熊遇貴人

「這……這是熊？」看到全無聲息的龐然大物，容貌清俊的溫醒懷驚得臉色大變，目瞪口呆，好在今日是十天一回的休沐，私塾內並無學生逗留，要不然豈不是嚇壞學子，大驚失色的哭爹喊娘。

「爹，你沒見過熊嗎？這就是熊。」

熊身上最值錢的莫過於熊掌，一對兩百兩，熊皮也賣價不差，一張完整的熊皮在縣城叫價一百五十兩，不過剛剛殺熊又砍斷熊掌，難免破壞了毛皮，恐怕只剩半價，而藥鋪子收熊骨，這一副骨頭起碼也有七、八十兩，牠還是頭公熊，熊膽也能入藥，熊鞭補男子雄風……

不過除了肉之外，其他的溫顏沒打算賣，熊皮、熊骨、熊膽、熊掌她皆有用處，在不缺錢的情況下也要自家人享受一番。

「老實說，你們兩個打哪弄來這一頭熊的，這麼大的獵物不容易取得。」他還真沒見過熊，真遇上了還有命在嗎？

一山豬二熊三老虎，可見熊有多凶狠，還排在老虎前面，尋常人別說見了，就連一根熊毛也摸不著。

溫醒懷站得老遠，不敢靠近，卻還要撫著下巴打量黑熊的死狀，裝出一副為人師表的溫文儒雅。

「撿的。」兩人異口同聲。

「撿的？」他一楞。

「我們在上山拾柴時見到一隊身著勁裝的黑衣人在打老虎，然後沿路追的時候老虎遇到熊，虎熊大戰，老虎敗落跑了，他們便殺了重傷的熊，取走熊掌，其他就不要了。」溫顏說得跟真的沒兩樣，可以去說書了。

「真的？」半信半疑的溫醒懷盯著女兒瞧，不太相信天底下有這麼湊巧的事，還讓他們撿了個便宜。

「爹呀！女兒沒事幹麼騙你，你瞧我們兩個渾身上下沒三兩肉，還能一拳打死熊嗎？」她睜眼說瞎話。

看了看小山般的黑熊，再瞧瞧女兒和未來女婿，他呼了口氣，「你們行嗎？叫殺豬王來處理，咱們付他銀子再送上五斤熊肉，留點肉給村長和走得近的鄉親……」吃獨食總是不好，而且這麼多肉也吃不完。

「先生，我能的，不用叫王大伯，就是手腳慢了些。」被推出來的風震惡踉蹌了一下，他後腰還留有溫顏推他的手印，沾血的。

「真的可以？」溫醒懷眼露懷疑。

「行的，先生。」他重重點頭，活熊都殺了，一頭死熊還能難倒他嗎？更別提這些年也處理過不少獵物，有經驗了。

溫醒懷猶豫了一下，雙手背於後走至廊下，「好吧！讓你試試，真做不來就去叫人，村裡的叔叔伯伯都樂於幫手。」

溫顏偷偷扮了個鬼臉，他們當然樂意，有熊肉可以吃，還會廣而告知，讓親朋好友也來分兩斤熊肉，你一塊、我一塊，幾十兩銀子就沒了。

因為是「撿的」，也就不好意思賣錢，以她爹的為人必然不會收銀子，還會想說鄉里鄉親的，有什麼好計較，平日裡大家很少吃到肉，正好白撿的黑熊就一起分享，解解饞。

可她一點也不想分人，黑熊是她設計捉的，十二根鐵箭和十二條鐵鍊是她花銀子讓人打造，還用上師父的機關術，她以身作餌引出黑熊，再開啟機關一次射出，讓身中鐵箭的黑熊無力掙脫。

扣除黑熊身上的寶貝，把熊肉賣掉所得的銀子還不足補貼她付出的銀兩，她殺熊也就賭一口氣，順便試試她設的機關是否有用，日後靠機關術賺錢。

溫顏掉進錢眼裡了，但她不是為了自己，而是為了明年三月風震惡去府城應試考秀才，以及她想為爹蓋一間規模大的私塾，招更多的學生，找另一個夫子幫他分擔工作，有人輪替他也有空閒看看自己想看的書，到外面踏青賞景。

爹這十餘年來都為妻女而活，沒為自己做過一件事，因此她也想當一次孝順的女兒，讓他全無後顧之憂的做他想做的事，不用為五斗米折腰。

「熊膽給我，我要做藥。」醫書上記載，熊膽有清熱解毒，息風止痙，清肝明目的作用，她正好用來煉製解毒丸。

「給。」一刀一切，手心大小的膽囊完整割下，他二話不說的遞給未婚妻。

她煉藥，他受福，風震惡腰包裡有為教不少的藥丸子，分藥效用油紙分別包著，有些是止瀉的，有的是治腹脹的，還有防蟲蟻叮咬，被毒蛇蟲嚙咬的解毒藥，她為他準備的。

「熊心、熊肝、熊內藏就不要了，我們留肉就好。」野生的獸類怕有寄生蟲，為免吃進蟲子她直接捨棄。

「好。」他伸手一掏就是一盆子穢物，打水將內腹沖洗一番，洗乾淨了再剝下熊皮。

三合院的左側有口深井，他們就在井邊處理熊屍，清風明月般的溫醒懷站在一旁看兩個孩子又剝皮又切肉的，他眉頭微顰，絲毫沒有上前幫忙的想法。

兩人高的土牆阻擋外人的窺視，過往村民很難瞧見院子內小山一股的熊屍，只是看見女兒和未來女婿一人一邊合力剝熊肉，他眉間多了兩道皺褶，忽覺女兒太凶殘了，居然連熊都不怕，她下刀的狠勁連他都肝兒顫，感覺切的不是熊肉，而是他的大腿肉。

「呃！那個……一會兒熊肉燉爛點，你娘又瘦了，你加點天麻和黃精一起燉煮，看她能不能多吃兩口。」溫醒懷嘆了口氣，長寒兄這一走，他的妻子承受不了喪夫之痛，便病倒了，拖上這些年怕是不行了，也就這幾個月的事了。

風長寒雖然搬到天坳村，卻還保持著世家公子的傲氣，在村裡唯一的朋友是溫醒懷，兩人共同的興趣是下棋。

不過風長寒死後，溫醒懷便不再下棋，知音難尋，那一副玉石棋子被容嫻玉送給娘家兄弟，盼他們能為母子倆出個聲，好讓孩子他祖父早日接兩人回府。

只可惜價值百兩的玉石棋子只換回她兄弟傳的四個字——勿做奢望。

看到這幾個字，她又大病一場，整個人像失去魂魄一樣，連服了月餘的藥才稍微好一點。

「好的，先生。」風震惡的回應像在背書，無平仄起伏，對於自己不想好起來的母親，他不予評論——溫顏的醫術雖有長進，但難救不想活的人。

「對了，下個月十八你就出孝了，你娘大概沒辦法去祭拜你爹，你記得備好香燭、紙錢和祭品，到你爹墳上跟他說一聲。」真快，三年過去了，孩子也長大了。

「好。」他爹死了三年嗎？彷彿還在眼前，音容猶在，風震惡心神恍惚了一下，鼻頭微酸。

「我陪你。」

一隻小手輕握住了風震惡的手，他心頭一震，眼眶發熱，那隻手滿是血汙，他卻滿心感動的回握。

「嗯！」

兩人的手偷偷交握，沒人瞧見。

肢解完整頭熊後，他們先把破損的熊皮硝製一番，晾晒在後院的架子上，而後再向村長借牛車，將切好放進籮筐的熊肉蓋上幾片芭蕉葉和稻草搬上車，一會兒用牛車載進縣城賣給酒樓，而在進城前他們先將藏好的熊掌醃製了，在山洞裡放上幾天再下鍋燉煮，若放在廚房風乾，只怕沒兩天就被人偷走了。

村裡愛串門子的婦人不在少數，順手牽羊更是常有的事，溫顏一旦不在家，便有街坊鄰居來找周大娘聊天，周大娘一邊要煮學生的午膳，一邊顧著火，根本沒法注意背後的人做了什麼。

所以溫顏從不把獵到的獵物放在家裡，要麼直接賣掉，要麼藏在只有她和風震惡知道的山洞裡，不便宜偷雞摸狗的鼠輩。

只是她有個樂善好施的父親，堅持拿出百來斤的熊肉給村人分享，他們只好留了一部分在村長家，屆時由村長在祠堂前面架起一大鍋烹煮，人人一碗熊肉不落空，村長和幾位族老更是人手幾斤熊肉，但厚著臉皮討要幾根熊骨回去泡酒，甚至覬覦熊心、熊膽、熊鞭之類的，溫顏可不會答應，她也早早就把東西藏好，免得她爹又把好東西都拿去做人情，自家半分錢都沒賺到，自己吃糠嚥菜。

把家裡的事情安排好，風震惡跟溫顏就要出發了，現在去縣城裡，約莫傍晚才會回來。

溫醒懷送他們，忽然想到一件事，「對了，我幫你報名了明年府城的院試，你書要看，別為旁的事荒廢了功課，你娘就等著你為她爭口氣。」希望風太太能撐到應考後，不要再耽誤孩子了，白白折了好苗子。

風震惡怔了怔，隨後雙目低垂，「謝謝夫子，一會兒學生將報名費給你……」

「哎！這話我不愛聽，你也別提，女婿是半子，我給自己的孩子花銀子不是自然的？你還跟我算得一清二楚嗎？」溫醒懷佯怒說。

「先生……」他面上羞紅。

溫醒懷笑著一擺手，看向女兒，眼裡滿是慈祥，「以後對我女兒好就好，我這輩子沒什麼大志向，就盼著她有個好歸宿，不受人欺負。」

「先生，我會對溫顏好。」

他呵呵笑道：「我相信你，你是個好孩子。」

「我不會讓先生失望的。」溫顏是他想白首一生的人，他會寵著她、慣著她，讓她衣食無缺。

「走了，再不走就晚了。」被風震惡抱到牛車上坐好的溫顏看不下去了，忍不住開口，這一老一少也太矯情了，不過進一趟縣城也依依不捨，四目相望的道別，要不是一個是她親爹，一個是定過親的未婚夫，她都要想入非非，化做腐女看待男男純愛。

「來了。」

風震惡上了牛車，熟稔的往車轅旁一揮鞭，並未打在牛身上，牛哞的一聲，緩緩邁開步伐，車子隨之動了起來。

由天坳村到最近的縣城坐車要一個時辰，若是去鎮上只要兩刻鐘，只是價差的因素，他們寧可辛苦點進城。

一路上搖搖晃晃，搖得溫顏有點想睡了，她背靠著少年的背，不自覺的睡過去，直到忽然聽見一聲驢叫聲，她才醒了過來。

她睜開眼，牛車正好從城門底下經過，交了一人兩文錢的進城費，她坐到風震惡身邊和他閒聊，聊不到兩句，前方忽有幾匹快馬疾馳而至，與牛車擦身而過，她沒瞧馬上人兒的英姿，卻雙目發光的盯著四蹄上有圈雪白毛髮的馬兒。

筆直的馬腿，健壯的身子，炯炯有神的眼睛……

「妳想養嗎？」看她目不轉睛的看著逐漸遠去的紅鬃烈馬，風震惡心疼的問道。

「我想要一輛馬車。」有棚頂，後邊開個窗戶，出行方便不用向人借車。

「我們目前買不起。」

「我知道。」她也是隨口一說。

「朝廷的馬向關外買的，我朝沒有大草原可以養馬，因此馬匹的管制很嚴，價格高漲，沒有門路的人是買不到良駒。」戰場上退下來的瘸腿馬倒是有，但是沒法載人或運貨，大多被買來宰殺，吃肉。

「那生病的馬呢？」她退而求其次。

他搖搖頭，嘆了聲，「生病的馬活不了，通常還沒拉到馬市就被處理了。」

「你怎麼知道這麼多？」她訝異的拉拉他的手，沒想到他還知道朝廷的事務，以往她小看他了。

眼一垂，他淡笑，語氣卻有點縹緲，「我當過幾年世家公子，這點常識還是有，我曾經有過一匹小馬駒。」可惜沒法等牠長大了，在這之前他就離開了。

「風震惡……」她無意勾起他的傷心事。

「無礙，沒事的，我沒放在心上，今日人負我，他日我會一併索回。」風震惡目光一凜，語氣堅定。

「你還想回去？」她略感失望，看來他們不是一路人。

前一世的她要房有房、要車有車，銀行存款多到花不完，可是她那些錢全沾著血，身邊沒有半點心靈寄託，也無可信之人，她看過太多因為金錢權力而起的背叛和殺戮。

這樣的生活過久了，她一點也不嚮往所謂的榮華富貴，覺得金錢只會腐蝕人心，造就更多的空虛。

所以這一世她雖然有能力卻不積極賺錢，銀子夠用就好，多了反而招禍，她只想平安順遂的過完這一生，學習武功醫術機關術，不過是為了讓自己的生活順遂，以備不時之需，而不是為了爭權奪利，攪動風雲。

「不，只是想讓他們後悔莫及，告訴他們，我，不是他們能輕易丟棄的人。」那個女人以為她贏了嗎？沒走到最後，誰也不曉得站著笑的人是誰。

「你還是在意。」

他輕握她的手，眼中閃過一絲傷痛，「我爹不該死。」

要不是被誣衊，爹也不會鬱鬱寡歡，功名沒了，前途被毀，昔日的好友避而不見，眾叛親離的感受始終是心頭一根拔不掉的刺。

「要我幫你嗎？」她能煉藥，也能製毒，醫毒不分家，能治病的良藥對某些人而言是致命毒藥。

看了她一眼，他攏起的眉頭舒展，幽深的雙瞳漾著笑意，「自己報仇的果實最甜美，妳說過的。」

她嗔他一句，「拾人牙慧。」

他低聲輕笑，「聽娘子的話大富大貴。」

溫顏忍俊不禁，噗哧笑出聲，「這話會被全天下的男人揍，你穿好防身的盔甲嗎？」

「我不怕，我家溫顏是世間最聰慧的女子，妳的話不會錯。」被揍也甘願，平凡如他得到世上最好的姑娘為妻，夫復何求，是幾生幾世的福報才有一生相守，他很慶幸並未錯過她。

「還灑糖，也不擔心膩死自己。」她往他手臂上一戳，取笑他老王賣瓜。

在閒聊中，風震惡也不忘注意四周，發現已經來到熟悉的酒樓前。

「溫顏，妳等我一下，我問問掌櫃的要不要買肉。」現宰的野味，應該賣得出去。

「嗯！」溫顏抬頭一看，匾額寫著悅賓酒樓。

風震惡跳下牛車，直接進了酒樓，溫顏坐在牛車上，神色冷淡的觀察來來去去的眾生，對她而言，這些陌生人只是過客，她不會和任何人有交集。

路上行人匆匆，形形色色的人都有，有拎著豬肉招搖過市的大嬸、有手搖褶扇鼻孔朝天的書生，小姑娘抱著花布從布莊走出，喝醉的老頭鬧著要酒喝，小娃兒舔著糖葫蘆，捨不得一口吃光……

咦！四蹄上方一圈白毛的紅棕色駿馬？這不是剛剛看到的馬嗎？怎麼出現在這裡，那邊是……醫館？

不由自主的，她一跳，雙腳已落地。

「溫顏。」

風震惡一喚，溫顏回過神。

「風震惡，那匹馬……」雪白的蹄子真好看。

「妳想去瞧瞧？」難得有她喜歡的東西，瞅瞅無妨。

「嗯！」馬兒漂亮。

「好，我把籮筐卸下來再陪妳過去，掌櫃買了，一斤肉兩百文，咱們帶來約兩百斤，應當能得銀四十兩。」

風震惡迅速搬下籮筐，走了三趟搬光牛車上的熊肉，過秤一秤，多出十二斤，他也沒多要額外的銀子，當是添頭送給掌櫃，掌櫃樂不可支。

他回來，把掌櫃給他的銀錠放在她手上。

「嘻嘻，又進帳了。」可以多買一些炭過冬。

「傻氣。」他笑著往她腦門輕彈一下。

「學會欺負人了呀！你好樣的。」她揉著被彈的地方，不痛，但屈辱，她要報仇。

「好了，別鬧了，妳不是想去看看馬兒嗎？趁主人不在，我們湊近點看兩眼。」他說了一聲，將牛車寄放酒樓門口，左右瞧瞧沒人注意他倆的行蹤，假裝逛街般地靠近。

「嗯嗯！」真刺激，像做賊一般。

兩人若無其事的走到紅馬旁，突地一頓，停下腳步，對著馬頭、馬身、馬尾仔細的看了一遍，直誇馬兒長得好……

「你們要幹什麼？」

突然有人厲聲一喝，沒發現有人靠近的溫顏嚇了一跳，風震惡見狀連忙將人摟入懷中，輕拍她的背安撫。

風震惡看向來人，理直氣壯地說：「你小聲點，我家顏兒膽子小。」

顏兒？溫顏瞪他，她哪時有這個稱呼了，又幾時變得嬌貴了。

風震惡朝她一眨眼，將她的頭往胸口按住，不讓人瞧見她的盈盈杏眸和粉嫩小臉。

「想偷馬？」不長眼的小賊。

「誰想偷馬了，看看不行嗎？這馬太妖嬈了，專門養來勾引人的是吧！」溫顏倒打一耙，指稱是來路不正的妖馬。

面色冷厲的黑衣人又一次厲聲斥責，「休得胡言，此乃西域進貢的駿馬，能日行千里，豈能由著妳胡亂編排。」

「貢馬？」一聽來歷不凡，她眼神立即一變，打了退堂鼓，此馬的主人定是非富即貴，最好不要牽扯過深。

想著有可能是官門中人或是勳貴，溫顏拉著身邊少年就想離開，以他們平頭百姓的身分，稍微有點地位的官都能壓得人喘不過氣來，何況眼前這個人絕非一般人，威壓甚重，民不與官鬥。

可是兩人剛一轉身，拔腿要跑，另一道更冷的聲音從醫館中傳出，辨其音十分年輕——

「對我的馬感興趣，膽子不小，將人帶進來，我倒要看看他們長了幾顆膽……」

「是。」

醫館的病床上躺了一位胸口中箭的錦衣男子，他的年歲看來不大，約二十出頭，胸口的箭未拔出，僅被利刃削去箭尾，露出寸長的箭身。

因為離心口太近了，十分凶險，醫館的大夫們沒人敢冒險拔箭，唯恐箭一拔人也沒救了，故而出血量並不多，但是不拔箭也離死不遠。

「他中毒了……」挺刁鑽的毒。

跟風震惡一起被押進醫館的溫顏本想裝聾作啞，當個不多話的啞巴，可是一看到陷入昏迷之人的傷口，忍不住低聲喃喃。

她以為說得很小聲，偏偏屋內的人除了大夫和藥童外，全是習武之人，耳力過人，一聽與毒有關，七、八人同時轉過頭來，銳利的目光落在她身上。

「妳說他中毒了？」

冷冷的聲音一響起，面色冷然的眾人退開，一名長相出眾的年輕男子越眾而出，十六、七歲的模樣——而這聲音跟剛剛叫人把他們帶進來的聲音相同，顯然就是同一個人。

「我沒開口，你聽錯了。」她否認得極快，不想捲入別人的仇殺中，以免惹禍上身。

「妳說我耳朵出了問題。」他冷言一起，身側類似護衛的男子二話不說的拔劍，劍尖朝兩人一指。

風震惡閃身擋在溫顏面前，長劍離他不到半臂遠，他卻沒有絲毫懼怕，神色肅然地道：「我們不過路過看馬一眼，你們就想濫殺無辜？」

「你會武功？」袖口繡著暗色四爪龍的年輕男子冷冷地看向敢對他不敬的少年。

「會一點。」風震惡點頭，但是仍無懼地與之直視，他看得出來這些人絕非尋常人，就算他說不會也不會有人相信，還不如乾脆點，省得引人猜忌。

夜梓冷笑，似有不屑，「在這偏遠的平陽縣中也有你這等身手的習武者，學了幾年。」

「三年。」風震惡語氣平淡的說。

「三年……」他暗忖。

四周靜默無聲，好似多出一絲聲響必血濺當場。

但是太安靜了也會叫人心生不安，一旁上了年紀的老大夫不經意的咳了一聲，所有人馬上轉頭一看，看得他面上發燙，尷尬不已的的又咳了好幾聲，喉嚨一顫，聲音哆嗦地道：「他……呃，老夫是說他的傷……還治不治，再拖下去恐怕……恐怕回天乏術……」

「你能治？」夜梓冷冷看他。

老大夫嚇得臉一白，連連搖手，「老……老夫不行，那箭插得太深了，老夫手抖……」

他的意思是自己年歲大了，兩手沒力，抖得厲害，煩請他們另尋高人，他有心無力。

「誰敢拔？」夜梓又問。

被找來的數名大夫你看我、我看你，就是沒人敢上前。

救人是醫者本分，自是當仁不讓，可是就怕人沒救成反送性命，這算誰的過失？看這位公子一言不合就要殺人的樣子，會不會要他們以命抵命？

大夫們誰也不敢出這個頭，明哲保身，人之常情。

「賞銀一千兩。」夜梓認為重賞之下必有勇夫。

「一、一千兩？」

聽到這賞銀數目，大夫們都眼睛一亮，蠢蠢欲動，這是三年也賺不來的銀子，可是重新看向床上的傷患，發亮的雙眼又暗了下去，染上驚懼。

他們想賺這筆銀子，但就怕沒命花。

又是一陣靜謐。

夜梓心下焦躁，卻又不能殺人逼迫大夫為傷患治療，更怕受傷的蔣清文反而被醫死了，蔣清文不能死，不僅僅因為兩人交情，也是因為蔣清文是兵部尚書之子。

他目光梭巡，落到了溫顏臉上，想到剛剛就是溫顏說蔣清文中了毒，想必有醫術在身，那麼她必定有師承，也許可以請對方來救。

思及此，他開口叫喚，「小丫頭……」

小丫頭……是叫她吧！

「有什麼事？」溫顏從風震惡身後探出一顆腦袋，水靈大眼一眨一眨，好似想偷核桃吃的小松鼠，全然無害。

「妳是怎麼看出他中毒了？」在他們看來，清文除了胸口中了一箭箸實凶險外，看不出中毒跡象。

「用眼睛看。」溫顏淘氣的一轉靈活的雙目。

聞言，夜梓橫目怒視，想要挖出她亮得出奇的眸子。

「反正，死馬當活馬醫，也許我能解了他所中的毒。」她已經看出對方的算盤了，不把話說死，保留一些餘地。

「妳能解毒？」夜梓目露鄙夷，不相信一名穿著樸素的鄉下小姑娘能治病，他想找的是她的師父或長輩。

「看在一千兩的分上我可以試試，但是你敢讓我試嗎？」溫顏挑釁的眼神很不可一世，活似除了她再無高人伸出援手，不靠她就等著收屍。

夜梓再度氣結，頭一回遇到比他更囂狂的人。

他忍了忍火氣，目色沉如墨，吐出森冷威脅，「他死、妳死，他活、妳活。」

溫顏考慮了一下，又看了看栓馬柱旁的馬兒，點了點頭，「我可以治，但是……」

「說。」還敢跟他談條件？可真是無知者無畏。

「外頭那匹通體紅棕，僅僅四蹄有白毛，黑鬃黑尾的馬兒是你的吧？兩千兩，加上那匹馬，還有事後不許派人跟蹤我們，銀貨兩訖，各不相干。」她可不想被人纏上了，禍事連連。

「妳說紅雪？」他思忖了片刻，回頭看了一眼出氣多，入氣少，命在旦夕的傷者，斷然點頭，「允。」

只要清文無事，他可以容忍她的無禮。

「好，我要先見到銀子，三張五百兩銀票，三張一百兩銀票，兩百兩用十兩一錠的現銀。」先小人，後君子。

「怕我賴帳？」夜梓冷哼。

溫顏直言，「是呀！我又不認識你，萬一你說話不算話，翻臉走人，我上哪要銀子。」

聽著她理直氣壯的要錢，夜梓臉色一陰，「本皇……我說出的話從來沒人敢質疑。」

「因為都被你滅口了吧！」死人當然不會開口。

他一聽，臉黑了一半，「阿渡，給她。」

另一個看起來和風震惡年歲差不多的錦衣少年往前一站，一疊銀票不怕賊惦記的掏出，「五百兩銀票三張、一百兩銀票三張，剩下的銀錠沒那麼多十兩的，給妳五十兩銀錠三個和碎銀，自個兒數數。」

「阿惡，收。」人家不用正名，有樣學樣的溫顏肘子往後一頂，讓未婚夫收銀子。

「嗯！」他接過銀票一數，又把腰包打開，將碎銀倒進去，見數量無誤才一頷首。

看到兩人配合無間，夜梓莫名升起一肚子火，不知看哪一個不順眼，就是火大。

「這個先給他服下。」溫顏取出青花底的瓷瓶，倒出一枚黃豆大小的黑褐色藥丸，救急用。

夜梓狐疑道：「這是什麼？」餘有藥香。

「解毒用的，我剛不是說他中毒了。」她一眼就能看出，連診脈都不必，一目瞭然，傷患的四肢末梢腫脹，一般人不會注意到這是中毒的症狀，她卻看出來了。

「他中的是什麼毒？」不問個明白他不放心，人是他帶出來的，他必須將人安然無恙的帶回去。

溫顏輕蔑的一翻白眼，「應是箭上有毒，是西疆蛇毒，我的藥只能先抑制，不能完全解毒，還得先拔箭，逼出體內毒血，再服一丸清毒丸，減輕毒性，等我配好解毒藥命就能保住一半。」

「保住一半？」他語輕，色厲。

「想完全康復需要時間，你當有靈丹妙藥一服見效，毒要慢慢的排出，急不得，再說了，誰知你們之間有沒有人不想他好，暗下毒手使人一命歸天。」不怕一萬，只怕萬一，人心難測。

「我的人不會背叛我。」夜梓說得斬釘截鐵，眼中卻閃過一絲不明的陰暗，隱隱藏鋒。

「誰知道呢！知人知面不知心。」

「真是中毒？」夜梓看了看雙肩一縮的老大夫，再一瞧雙目緊閉的蔣清文，而後才目光陰晦的投向膽敢嘲諷他的小丫頭。「好，我信妳一回，諒妳也不敢騙我。」

一顆黑色藥丸塞入蔣清文口中，以水化開滑入咽喉，順喉而下，不一會兒，泛黑的唇色慢慢褪去，只餘慘白。

「火、刀、烈酒、剪刀、乾淨的白布、一盆水，要快。」溫顏急速吩咐，一把鋒利的匕首送到眼前，上頭鑲著鴿卵大的血紅寶石，溫顏側頭看了遞刀的人，心頭猛地一顫——好犀利的眼神，日後必是站在高處的人。

「阿惡，幫我一下。」

與她心意相通的風震惡光一個眼神交會就知道她接下來要做什麼，他也不多話的走到她身邊，取出打火石將油燈點亮，再用剪刀剪開傷者中箭部位的衣服，露出傷處。

當他做好這一些後，溫顏上前，她將匕首兩面在火上來回烤過了幾遍，充當消毒，然後在傷口處看了兩眼，確定箭入體的位置。

很久沒動刀的她輕吸了口氣，緩和情緒，這才將匕首尖端刺入，劃開皮肉，她不拔箭，由身側的風震惡握住突出體外的箭身。

「起。」

毫不猶豫的風震惡一口氣拔出。

箭頭有倒刺，一拔起連肉帶出，惡臭的汙血也隨即噴出，一塊乾淨的白布飛快地覆上，在傷口加壓止血……

「沒有羊腸線或桑皮線，傷口太深……」溫顏朝傷口灑上自製的三七粉，但傷口太深太大，效果不好，汙血排出後，還是有血不住滲出。

「什麼意思？」箭被拔出噴血的瞬間，夜梓心口微驚，仍有些不適，沒法目睹血腥一幕，尤其這人是他所看重之人。

他是出身尊貴沒錯，也曾下過命令取人性命，可是年僅十七的他尚未真正見過血流遍地的殘酷，此時還是驚惶不已。

「他傷得重，不把傷口縫起來不易好，傷勢容易反覆，更嚴重的是萬一感染……我是說高燒不斷，若沒法降熱，人救活了也會燒成傻子。」她沒辦法解說西醫的知識，只能含混帶過。

「想辦法治好他。」夜梓口氣強硬。

溫顏把匕首上的血清洗一番，插入風震惡腰帶內，堂而皇之的佔為己有，「巧婦難為無米之炊。」

「呃！用針線可否？」老大夫聽過縫合術，但未親眼目睹，他小聲的插話。

「針線……勉強吧！不過我不負責拆線，七天後，找個人剪開縫合的絲線，將線抽出，再用烈酒在傷口處來回擦拭幾遍，像這樣……」

這可憐的傢伙，算他倒楣，用針線縫合是權宜之策，當然有所不妥，但此時別無他法，只好看傷者的運氣了。

「啊——」

烈酒往傷口一倒，昏迷不醒的蔣清文痛到發出令人心口一顫的慘叫聲……

第五章　感情漸漸升溫

「主子，就這麼放他們離開嗎？」黑衣護衛總覺得有些不妥，他們這一去不就如鳥歸山林，難以尋覓。

「不然留他們下來吃臘八粥嗎？」一言既出，駟馬難追，他豈可言而無信？面有惱色的夜梓也知他目前正缺人手，有好苗子們該歸己所用，但是他沒把握收服兩人。

「可是那丫頭看著年紀小，醫術卻不差，看她下刀的俐落，太醫院的院判都不見得有她的本事。」對於一年被襲擊十來回的他們而言，有個神乎奇技的大夫隨行是天大的好事，真要遇險也能及時醫治。

「你認為他們有半點意願跟隨嗎？」夜梓的臉色很難看，很少有人讓他氣到想殺人又沒法下手。

他說的是「他們」，而不是「她」，因為明眼人都看得出風震惡和溫顏是一起的，帶走一人，另一人肯定不依，可兩人一併帶走，只怕也是不肯，他倆對離鄉背井的意願並不高。

明顯可見，兩人之間是溫顏說了算，風震惡是聽她的，她說月亮是扁的，他也會接道扁得真好看。

看著一高一矮逐漸遠去的背影，小姑娘手舞足蹈不知在說什麼，笑得很開心，少年牽著馬一臉寵溺地看著她笑，一向在人前高不可攀的夜梓有些不是滋味，心裡微生妒意。

以他的身分有什麼得不到，朝中大臣，百年世族當家見了他無不畢恭畢敬，垂手行禮，而他們……

他頭一次遭人漠視到如此地步，也是第一次感受到自己並非那麼高高在上、令人畏怯，在那兩人眼中，他與尋常人無異，除了銀子比人多，喜歡當冤大頭外，他就是多一個不多，少一個不少的擺飾，甚至連匹馬都比不上，那兩人歡天喜地的牽著馬走了，連頭都不回，時不時摸摸馬兒，卻沒想過看一眼馬主。

「這……」黑衣護衛摸著後腦杓，說不上是什麼感覺，只覺得若是硬來，倒楣的可能是自家一行人。

小姑娘的醫術不在話下，那名少年拔箭的手法快而俐落，武功定是不低，還有不差的內力，不知師承何人，真要硬碰硬，他們不見得能佔上風。

看不出底子的高深莫測，隨便一掏就是解百毒的藥丸，蔣公子一服下解毒丸毒性立解，傷口縫合後，傷勢不久便穩定下來，即使是太醫也大概如此。

「阿渡，你認為呢！」他的想法向來中肯。

武周侯世子司徒渡憨笑的一回，「你管他們是誰，只要能救清文哥就是好人，池裡魚若是化龍也是升天，咱們這一走後會無期，萍水相逢的緣分何足掛齒，何況我們付了銀子。」

人家醫治，他們付錢，雖說大夫看起來尚未及笄，但她把人救活了是事實，於己有恩，就算做不到奉若上賓，至少也不能恩將仇報，和人結怨。

山高水長，何苦給自己樹敵，他們自身的麻煩也不少。

「是呀！一別千里，以後再也沒有見面的機會，何必想太多。」庸人自擾之，他還有很多事要做，無暇唏噓。

世事多變，難以預測，此時的夜梓雖有遺憾卻不再掛念，他是做大事的人，眼睛只能往前，不能拘泥世間俗事。

只是他的志得意滿很快受到打擊，而不再相見的人偏又碰頭，在他日後的帝王路留下一道深溝，叫他放不下，求不得，割捨不了，成為他心上抹不去的烙印。

風，不止，暗潮洶湧，物換星移，帝星升起。

「你們買了馬？」

回到村中，這句話便不絕於耳，每遇到一位村民，他們一致的反應是張目結舌，不敢相信兩個孩子買得起馬，還一再追問，懷疑是「順手牽馬」，做了令村子跟著蒙羞的錯事。

解釋再多還是有人質疑，溫顏兩人索性不說了，由著人去猜測，反正問心無愧，不偷不搶，心安理得。

但是……

「啊！馬？」看起來價值不菲。

「是馬。」爹呀！你是鬼打牆嗎？怎麼兩眼發直，想把馬兒供起來當祖宗。

「一匹好馬。」瞧瞧那腿，瞧瞧那眼，多精神。

「不是好馬我還不要呢！」她一眼就相中牠。

「哪來的？」好馬配好鞍，他得琢磨，打一副適合人坐的馬鞍，好讓女兒騎出去溜躂溜躂。

「人家送的。」溫顏笑得眼一瞇，好似春風迎面來。

溫醒懷一怔，「哪個冤大頭？」

一開口，他便自覺失言了，尷尬地笑，不過女兒和準女婿卻因為他的話而笑聲連串，覺得他說得真好，萬分貼切。

不是一家人，不進一家門，所見略同。

「我是說這匹馬沒兩千兩買不起吧！誰這麼大方，連千金難求的馬駒也轉手讓人。」換成是他再多銀子也不給人，馬有靈性，識主，一旦認主便只忠主，不會被人一牽就走。

夜梓也是剛得紅雪不久，皇上賞賜的，平時都交由馬夫照料，他倒是很少騎牠，在他的馬廄裡還有不少好馬，每一匹都不差，因此紅雪對他而言可有可無，並未放在心上，故而馬兒也並未認主，互相遷就。

這一次他心血來潮騎著牠出門，是想著老是關著總是不好，這才帶出來溜溜，省得悶了，哪知溫顏運氣好，正好撿了便宜，馬兒與她緣分深厚。

幸好紅雪在，蔣清文才渡過死劫，不然身中無人能解的毒，他回京也是死路一條。

「一個……眼高於頂的人。」對那人而言，世間萬物皆垂手可得吧，因此不珍惜手中之物。

寵女兒的溫醒懷從不懷疑女兒的話，他呵呵直笑，「那就養著，明兒個爹找人弄個馬棚，也讓馬兒有棲身之處。」

「謝謝爹。」唔！她好像忘了一件事，卻想不起來。

「不謝、不謝，爹樂意得很，不過妳有沒有想過做輛馬車。出入方便，免得受刮風下雨之苦。」她和風家小子常進進出出怕惹人閒話，有了馬車就省下不少閒言碎語，一人駕車、一人坐在馬車裡，誰還能長舌。

「啊！馬車──」她大喊。

被她的叫聲一嚇，他魂飛了一半，「怎麼了，閨女，妳哪裡不舒服，有事一定要告訴爹，不要硬撐。」

「先生，勿慌，顏兒是忽然想到我們一時太高興有馬，卻忘了連車架子一起買。」風震惡目光柔和的笑著，看到溫顏懊惱不已的神情，他忍不住莞爾。

「咦，你不是一向喊她溫顏，為何改口了？」雖說只是稱謂，怎麼聽著就有些曖昧了。

因為他忽然發現小未婚妻長大了，不再是只有他一個人看見她的好，換個親暱的稱呼，正好顯示兩人的關係不同，阻斷那些狂蜂浪蝶的心思。

但對未來岳父自然不能說這個，風震惡溫文道：「我想等我考上秀才後便正式下聘，先定下婚期再等顏兒及笄後迎娶，若再直呼名姓顯得生分。」

夜梓的出現讓他隱隱察覺到，若他與溫顏沒有名分，她有可能被搶走，美玉在櫝難掩光華，為防萬一，他得先下手為強，滴水不漏地不讓人有機會奪己心頭寶，他什麼都能讓，唯獨溫顏不行。

溫配懷遲疑了一下，「這事你問過你娘了沒？」

鄰居多年，風太太的心性他也略知一二，他是十分滿意端方有禮的女婿，也樂見兩家成一家，可是風太太……唉！一言難盡。

當爹娘的都盼兒女好，他看自個兒女兒是舉世無雙，一日美過一日，活似天上仙女下凡來，但在眼人眼中卻仍有不足之處——一無家世、二無良田千頃、三無琴棋詩畫之才、四無權傾一方的娘家、五無家財萬貫、六無親娘……

總之真要挑剔，他都能替親家母列出十餘條，前些日子她身子骨略微好一些，還有意無意的提了一嘴，說她兒子的才學不僅僅止於秀才，舉人、進士是探囊取物，一般人家的女兒當是匹配不上，要娶當娶世族女，光宗耀祖。

他一聽十分難過，亦有些許氣憤，這門親可不是溫家上門求的，他也只想給女兒找個門當戶對的好歸宿、一生平順，但是長寒兄開口了，看在兩人的交情上，明知一人扶持兩家相當困難他也應允了，省吃儉用的看顧風家母子，使其衣食無憂。

過河拆橋指的便是風太太，她也不想想她這些年的藥費打哪來的，若非自家的幫扶，她還有命嫌棄他女兒嗎？早就黃土一坏長埋地底，與夫相聚於九泉之下。

虧得她有個好兒子，不然他早斷了往來，看她還有什麼倚仗能說三道四。

「先生，我爹死後我便是一家之主，我爹生前定下的婚事我說了算，顏兒乃我心中所繫，終其一生，執子之手，絕不放開。」風震惡拱手作揖，帶著情意的眼卻看向噙笑望著他的佳人，他以眼神說：心悅妳，吾心如磐石。

溫顏笑著，但敷粉似的面頰微微暈紅。

男人好美色，女子也看臉，出身世家的風震惡原本就有一副好皮相，越長越大也越俊俏，他不像一般泥腿子一曬就黑，有著得天獨厚的白玉面容，眼眸深遂，鼻若懸膽，一身的書卷氣外還有令人著迷的世族氣度。

說實在的，在一群土氣十足的莊稼漢當中，他便是鶴立雞群的那隻白鶴，纖塵不染，遺世獨立。

剛穿過來的溫顏不是很中意長得過於白嫩的小正太，嫌他五官太過細緻，日後必是禍水人物，桃花債不斷，不過相處久了也漸漸改觀，發現他自制力強，處事有度，自覺性高，本來有點一根筋不夠機靈，但好在一點就通，這些年磨練下來也沒那般呆了，另外，他生活規律得挑不出毛病，他最多在風、溫兩家待著，從不上別人家做客，做什麼事先問過她，與她同行。

人都有慣性，當習慣和一個人在一起了，就很難剝離另做他想，不知不覺中習慣變成依賴，依賴又升華為似有若無的感情，一旦發覺掉入情感的漩渦中已來不及抽身了。

溫顏和風震惡便是互相依賴漸生了情愫，青梅竹馬互相扶持，雖說還不到刻骨銘心，但此時的兩情相悅已然足夠，至少他們心中都有對方，不會被外面的花紅柳綠所迷惑，固守本心。

「呵呵……」溫醒懷乾笑，總覺得這話過於誇大，父母之命、媒妁之言，哪能將自個兒的娘拋在一邊。「等你考上再說，不急、不急，反正我家閨女還小，等得起……」

「先生……」可他等不起，他有預感事情並未到此為止，還會再起風波，他不想兩人的婚事生變。

急促的咳嗽聲從隔壁傳來，打斷了風震惡滿腔熱情，他倏地噤聲，望向相鄰的牆頭，千般言語充塞心口，卻說不出來。

早不咳、晚不咳，偏在他為自己做打算時咳如山陵崩，旁人真看不出其中的深意嗎？娘的心裡只有自己，整天作著不切實際的夢，爹的早逝仍不能令她醒悟。

溫顏說：「你先回去看你娘，順便把藥煎了，人一病痛難免乏心乏力，一會兒我煮個雞湯給嬸子補補身。」能吃就多點，只怕再吃也沒幾回……是藥三分毒，長期服藥，小病也會變大病，藥毒日積月累在體內，久了積毒難散深入骨髓，一朝爆發出來，藥石罔然。

溫顏也曾勸告過風嬸子，要她少吃藥，膳食正常，多下床走動，放開心胸不要胡思亂想，她的身子便能不藥而癒。

可是容嫻玉偏要和溫顏對著幹，將溫顏的勸說當耳邊風，不僅藥越吃越多還擅自加重分量，不時喊胸口痛、氣悶、頭疼欲裂，逼著風震惡給她找大夫，但大夫一來又要死要活的喊時日無多，大夫一開藥就下猛藥，讓她危急之際救命。

「顏兒，你真好。」也就只有她能容忍娘的無理取鬧。

風震惡想差了，溫顏不是容忍，而是他娘真的如自己所言時日無多了，因此她不和將死之人計較。

想鬧就鬧唄！她充耳不聞，過些時日就鬧不起來了，她什麼也不做，靜待紅花開盡時。

「我不好，你再不走我叫紅雪咬你。」溫顏親暱地撫著紅馬額頭，給了牠一顆紅棗吃。

「好，我就走。」

他笑了笑，拍拍馬身，從她手中搶了顆棗子，手裡拎著藥包往家走。

而他一離開溫家，咳嗽聲就停了，真叫人無言。

搖頭輕嘆的溫醒懷看向正在餵馬的女兒，臉上有幾許憐惜，他當爹又當娘，難免有疏漏，委屈了她。

「爹，沒事的，用不著長吁短嘆，笑一笑能增十年壽，你家閨女不是能受氣的主兒，人家搧我一耳光我肯定搧回去。」她在村裡早就惡名遠播了，不少二流子都吃過她的苦頭，被揍得鼻青臉腫，大半月出不了門。

「可婆媳之間的相處沒妳想得容易，以前風太太挺和善，會送些鎮上買的糕點哄妳吃，誰知長寒兄一死就變了樣……」他十分後悔一時心軟，讓女兒擔上個惡婆婆，這一嫁過去不就是吃苦受罪。

「想多了，爹，風嬸子一直沒變，只是你沒看出她的驕傲，對我們和顏悅色底下藏著輕蔑，她瞧不起教書先生呢！不過因為風叔叔和你交好，她做做樣子罷了。」

其實在她看來，什麼情深意濃，什麼貞節烈婦，丈夫一死就大病不起，想跟他一起去，是博取同情，讓人以為夫妻情義深長，活著的一方無法獨活。

真的不肯陰陽兩隔為何不一頭撞死棺木前，與夫同穴，只會淚灑靈堂，神魂盡失般連一張紙錢都沒燒，數年來還仰賴幼小的兒子和鄰居度日，被侍候著，一日活過一日？

溫顏最初也以為容嫻玉太深情，丈夫死了還念念不忘只為還一世情，她心生不忍幫著熬藥、餵食，希望她早日走出喪夫之痛，展開歡顏。

誰知人家在做戲，演得微妙微肖，煞有其事，連看遍人生百態的她也被騙了，白費了不少關心。

溫醒懷一聽，怔住，久久才開口，「閨女，爹沒妳想得透澈，若妳想悔婚，爹捨棄這張臉皮不要了，替妳退婚。」

仔細回想，他也察覺容嫻玉的裝模作樣，虛情假意，他為之心塞，原本當是好親家，沒想到是個坑，他被長寒兄坑了。

不厚道呀！親家。

溫顏笑著把另一顆紅棗往親爹手上塞，「不退親，阿惡挺好的，這世上能縱容我的人並不多，咱們得知足。」

「妳叫他阿惡？」這閨女呀！傻了點，人家對她好就一頭栽下去。

溫醒懷吃著棗子，入口甜、心頭澀，他沒能給女兒錦衣玉食，住大宅子，反過來是她照顧他，瞞著他上山採山貨，挖草藥，改善生計，賺了銀子給他買新衣新鞋，他虧欠她太多了，實在想給她更好的。

「他叫我顏兒，我喊他阿惡，很公平呀！爹呀，你就教你的書，做你喜歡的事，你的閨女不小了，懂事了，再過幾年就嫁人，你不用為我操心，兒孫自有兒孫福，我給你養老。」她挽住父親手臂，和他分著吃棗，父女親情其樂融融。

「妳這張嘴呀！爹說不過妳，只要妳過得開心，爹也心滿意足了，爹還能動，不必妳養。」嫁出去就是別人家的媳婦了，哪能老往娘家跑，她有這份心意他就滿足了。

「偏要養、偏要養，你不讓我養就跟你斷親。」她半開玩笑半威脅，板著嬌俏小臉使性子。

「閨女……」他苦著臉，笑不出來。

「爹呀！你讓人給我打輛馬車，一會兒我畫張圖給你，照著圖做……」她風風火火的，迅速轉開話題，不讓爹張嘴。

「喔！好……」馬車是該做一輛。

「我去燉雞湯了，加了天麻和蔘鬚，你給我喝上一大碗，不許剩下。」自個兒的老爹也要補補。

「妳不是要送到隔壁……」他身子很好，好些年也沒得過一次風寒，雞湯留給女兒，她太瘦了。

「送是要送，但不缺你一口，阿惡在山裡逮了兩隻山雞，我全燉了，當是他孝敬你的。」要不是不想太高調，讓人找藉口上門討雞，他們一天捉十隻、八隻不在話下，養在雞舍天天吃雞，烤雞、燉雞、手扒雞、荷葉雞……

「還是今天別去送了，剛才她還……」溫醒懷想到容嫻玉不喜自家閨女，就不想讓她去，何必上趕著貼人家冷臉？

看出父親的心疼，溫顏淘氣地朝他一眨眼，「爹！她越不想看見我越要往她跟前湊，說不定病一重就氣死了。」

她說要氣死人當然是說笑的，好解開父親心中的鬱悶，不過她往那邊湊，也確實是刻意的，容嫻玉明裡暗裡嫌她不夠端莊，少了大家閨秀的溫婉賢淑，她偏偏燉湯端菜的展現賢慧，讓人氣悶在心卻說不出一句不是，還得誇她心善人美好姑娘。

「不許胡說八道，我閨女可是心地最善良的人，怎會做出不敬長輩的事……呃！不會真被氣死吧！」他不放心又添一句，他相信女兒雖然會胡鬧，卻不致傷到人，但是不怕一萬、只怕萬一，真要鬧出事來沒法收拾。

「好了，爹，我先去殺雞，你等著吃就好。」她善良？當爹的都眼瞎，看不見自家孩子的凶殘。

溫顏一蹦一跳的往廚房走去，她到的時候周大娘已照吩咐殺好雞、去掉雞毛，就等她切塊，下鍋燉煮。

不到一個時辰，香濃的雞湯味已滿溢院子，還飄到隔壁，躺在床上喝著苦藥的容嫻玉也聞到了，她驚覺餓了，肚子咕嚕嚕的，她不禁想著，怎麼回絕溫家丫頭燉的雞湯，再瞞著小輩偷偷喝光。

只是等了許久，雞湯味越來越濃，香得她可以吃下一隻雞，鄰家的丫頭還不見人影，她心下有些不快。

果然是鄉下養大的孩子，沒教養。

她才這麼想，屋子外頭傳來溫顏的聲音，她一聽差點氣暈過去……

「……阿惡，吃雞腿，再喝口湯，你都瘦了，要多吃一點，你娘剛喝完藥，肯定又吃不下去了，這湯我燉了很久，你小心燙，你娘不疼你，我疼你，咱們要過一輩子的……」

容嫻玉又病了。

雖然她本來就病懨懨的，兩三天請一次大夫，紅泥小火爐上熬的湯藥從未斷過，但好歹還能坐起來說兩句話，縫縫補補，刺個繡什麼的，不用人扶也自行如廁，洗漱、梳頭做得來，且會抹些香粉添點氣色。

但這一次她是真病了，氣病的，湯藥灌不進口，昏昏沉沉醒不過來，整日夢囈，像在和死去的人對話。

之前吃太多藥了，幾乎什麼藥都吃，吃成藥罐子了，因此大夫再開藥也起不了作用，只能任她忽笑忽哭的說著胡話，勉強用中空的竹管灌食。

她會突然生病，原因無他，正是兒子的事情。

秋去冬來，又過了一年，府試即將舉辦，風震惡也要應試，但因去府城路途遙遠，怕路上沒個人照應，出了意外無人知曉，所以溫顏請纓跟著去。

本來是溫醒懷要陪著他，可是溫顏覺得溫醒懷這個只會讀書的人去，還不知誰照顧誰，便勸住了他，又說服他讓她去。

可容嫻玉不願了，她打算等兒子考上秀才後為他尋一門貴親，所以不想讓村子以外的人知曉他已有未婚妻一事，溫顏要是跟兒子一起去府城，那她還怎麼換媳婦，找個令自己坐享清福的大家閨秀？

換媳婦這件事情她想了許久，自做主張，悄悄寫了一封信給她嫂子，讓嫂子掌眼，替她挑個好人家的女兒為媳。

所謂「好人家的女兒」指的是家境富裕，出身地方上的大家族，最好族中還有當官，父兄皆小有名氣，女子端莊大方，陪嫁田產、莊子和三進宅子，壓箱銀子上萬兩。

可想而知是痴心妄想，她嫂子連信都懶得回，可是她仍興致高昂的幻想著兒子迎娶高門大戶的小姐，她好有面子重回風府，風風光光的做她的二少夫人。

然而風震惡跟溫顏對於她的拒絕都沒聽進去，於是她病倒了，病得不輕，床榻離不開人，眼看著恐怕要把兒子耽誤了，又錯過一次應試。

不過溫顏專治她這病，在她耳邊說著她兒子決定不讀書了，一誤再誤他也心灰意冷，考慮借錢買塊地，從此種田當個泥腿子，面朝黃土背朝天，靠天吃飯。

一聽要做最下等的農夫，一輩子回府無望，病到只剩一口氣的容嫻玉迴光返照似的睜開眼，能吃、能坐，還能為兒子收拾行李，趕他出門應考，命令他不中秀才不准回來。

考上秀才能免了糧賦役，官府還會發給錢糧，見官不跪。

不過，秀才只是科舉的起點而已，往後的鄉試、會試乃至於殿試，重重的關卡考驗著讀書人的學識和才智。

朝廷重文輕武，當今聖上特別重視科舉，求才若渴，畢竟版圖遼闊，每年需要的底層官員也偏多，每一科都會有不少新科進士出爐。

但新科進士們，不見得每一個都能被任用，且不說層層考核是否能通過，選官也是需要人脈的，若是既無家世又無靠山，更不懂得圓滑處世，哪怕名次再好，恐怕也只是一生修書的命。

無論如何，這一場府試對風震惡是重要的。

既然容嫻玉不再找碴，風震惡便趕緊帶著溫顏一同去了府城，路上很是順利。

院試分三場考，每一次溫顏送風震惡進了考場，她就忙自己的事，總算有時間好好休息，在客棧睡覺。

「顏兒、顏兒，醒醒……」

睡得正香的溫顏忽被推醒，她睡眼矇矓地揉揉眼睛，看見站在床邊的俊秀少年，有些訝異的咦了一聲。

「出了什麼事，你怎麼沒進考場？」是他身子不適還是與人口角，他一向很能忍，絕不會為了一點小事而誤了大事。

「考完了。」

她一怔。「考完了？」

「我兩天前便進了考場，考完最後一場了。」風震惡說得好笑，難得看到她傻傻呆呆的樣子。

院試要考三場，前兩場各考一天，第三場策論考兩天，考完之後中榜便是秀才。

當初他考完府試後要直接考院試，誰知父親病故，他因熱孝在身不得應試，故而往後延了幾年。

「不會吧！」一臉驚訝的溫顏捂著臉，不敢相信自己居然渾渾噩噩過了兩天，絲毫不覺時光飛快。

因為只是陪考，無所事事的她睡了吃、吃了睡，把自己當豬養。

「妳累了，多睡一會兒無礙，這一路陪我趕來府城也沒好好休息，才會一放鬆便垮了。」她嘴上不說，可風震惡看得出她一直擔憂在心，怕他對自己要求太高而失誤，不能照平常水準答題。

「不行不行，我得想一想，我這些天到底做了什麼……」她猛搖頭，想讓自己清醒點。

不許她自虐的風震惡雙臂一伸將人抱住，「我又沒怪妳，妳在自責什麼，反倒回客棧看到妳，我著實鬆了口氣，幸好妳在，沒出去惹禍生事，省得我滿大街找人。」

一聽他如釋重負的取笑，迷糊過日的溫顏不滿地往他胸口一捶，「什麼叫我惹禍，分明是別人撞上來找我麻煩，我頂多不逃避，把人教訓一番而已，說得好像我天生是禍害。」

「好、好、好，是我錯了，我不該放妳一人，府城這麼大，萬一走丟了我怎麼辦，沒了妳我活不了。」他是真的怕，府城不比縣裡，人多事情也就多，以她的性子很難袖手旁觀。

看他說得真心誠意，鬧著脾氣的溫顏也不好再任性，「滾開，不許碰我，你別想趁機佔我便宜。」

「不滾，我抱我娘子天經地義，等回去後我就正式下聘，把妳變成我的。」日子太難熬了，等她及笄還要兩年。

翻了年，溫顏十三歲了，逐漸長開的眉眼秀美清麗，靈慧剔透的雙眸好似泛開的春水，盈盈漾波，令人神往，益發嬌豔的小臉粉白水嫩，輕壓彈手，像是出水芙蓉花。

看著一日比一日好看的未婚妻，風震惡非常不安心，若不早點將她娶過門，他會時時吊著心，唯恐一錯眼人就不見了，讓他遍尋不著。

他會武功，但她輕功比他好，若她真要跑，他鐵定追不上，唯有讓她心甘情願嫁給他，兩人才能走得長久。

「誰是你娘子，不要臉。」她輕笑著，假意推人，實則貪戀他懷中的溫暖，將頭偎在他肩頭。

「我是不要臉，要妳就好。」他偷著往她臉上一親，呵呵低笑，屬於男子的那份霸道展露無遺。

年前遇到夜梓那件事他一直耿耿於懷，那人看溫顏的眼神令他頗為忌憚，因此他一反常態不做君子，時不時舉止親暱撩撥她的心，讓原本已有的感情升溫，變成熾熱火燄。

他要她感同身受，他的身邊不能沒有她，她是他眼中的光，失去她，他形同行尸走肉，一無所有。

「越來越無賴了……」她低語，笑聲淺淺，對他的情意默然接受，前一世的事她快要忘光了，只求這一世的圓滿，雖然他只有十六歲，卻讓她有著找到家的歸屬感。

連生枝，雙生花，並蒂蓮。

其實他們倆在相互扶持中產生感情，她了解他，他包容她，兩人在朝夕相處中已離不開彼此，如同連根生的雙生樹，枝椏交纏，分不清哪一根枝幹由哪一棵樹長出，交叉盤纏復生在一塊，兩棵樹連成一棵雲狀大樹。

「無賴才娶得到婆娘，只要是妳，我痴纏到底。」風震惡抱著就不放手，有些眷戀，心猿意馬。

「誰是婆娘？」她不快的一瞋。

「我的顏兒……」

他不滿足只是抱著，心頭一熱朝噘起的粉唇一覆，貪心不足地一吻再吻，好一會兒停下了，兩人都有一點氣虛，四唇一分開，水眸與黑瞳對視，同時臉頰發燙地笑出聲。

「你是我見過自制力最強的人。」

「遇到妳便不戰而降，兵敗如山倒。」她不曉得他得用多大的力氣克制才能不逾矩，忍住對她的種種綺念。

溫顏輕揚唇角，笑得如花綻放，「變壞了，就會哄我。」

「不哄人，我說的是心底話，這輩子能與妳相遇，我都覺得是上天的垂憐，讓我遇見這麼好的妳。」他輕握柔白小手，心有濃情的藉由手心交握傳到她心中，讓她聽見他的心只為她跳動。

她心想，如果在另一個時空，他肯定是撩妹高手，撩到她心坎裡。

溫顏嗔了聲，「好了，別鬧了，我剛想起我在鐵鋪裡訂了一套刀具和一組銀針，明兒個你陪我去取回。」

以前沒銀子，她不做多想，反正用不到，等攢夠銀子再說，她不急，又沒打算行醫濟世。但是那一回在醫館救人，她發現真有不足處，救別人可以盡人事聽天命，保持心情平和，要是自己人出事呢！她不準備周全的工具救命，眼睜睜看他們斷氣不成。

她在縣城找鐵鋪問過，老鐵匠很生氣的將她趕走，毛髮細的銀針考驗工匠手藝，他做不出來，全縣城也沒人會做。

不死心的她輾轉又問了多人，最後有人告訴她在府城有一名手藝人是宮裡出來的，聽說沒什麼東西是他做不出來的，叫她不妨去問問，也許能找到她要找的人。

正好到了府城，溫顏送未婚夫進了考場便四下打聽，走了一天才找到門面不大的鐵鋪，老鐵匠六十有餘了，打鐵的是他收的義子，她求了好久又給了他自繪的圖紙，看到內含機關的老鐵匠兩眼一亮，勉為其難為她開爐打鑄。

「刀具和銀針？」她想做什麼。

見他面有不解，她解釋，「刀具是用來切開皮肉，以便治傷和切除異物，它們和一般的刀不一樣，比匕首小但精巧，而銀針用來針灸，我想試著用針灸通穴，日後誰病了就能針灸救急，少喝些苦得要命的湯藥。」

「你是為了我娘？」她的病是心病，治不好。

溫顏不點頭也不搖頭，由著他誤解。

她岔開話題，「你還有幾天放榜？」

「七日。」

「那就看完榜單後去鐵鋪取貨，然後回村。」府城雖熱鬧她卻待不住，她習慣小村子的平靜和寧和，歲月靜好。

「妳不怕我沒考上？」風震惡朝她鼻頭一點，裝出考得不如人意的沮喪神情，有可能馬前失蹄。

她眼一瞅，往他手背一拍，「要是連你都名落孫山，那就沒人能中秀才，除非舞弊。」

「對我這般有信心？」他笑問。

溫顏把人推開，瞧瞧他俊逸面容，故意板起臉道：「你是我看中的，若是此回沒上榜，回家跪搓衣板。」

聞言，他放聲大笑，再次將她抱住，「顏兒，妳太有才了，娶到妳是我三生有幸。」

還沒成親呢！樂個什麼勁。

溫顏懶得糾正他，見他笑了，也忍不住一笑，「得了，別樂過頭，陪我上街逛逛，到了府城不買些東西回去說不過去，買支簪子給你娘，省得她跟我們嘔氣，再買一刀宣紙，給我爹揮毫，還有你的硯台都磨平了，該換個新的……」

聽著她喋喋不休的扳著指頭數著，想的盡是身邊的人，連村長的小孫子都想到，買幾顆糖給他，她事事周到，唯獨沒想過為自己買件衣裙，多朵頭花，或是姑娘家用的胭脂花粉，素面朝天，甘之如飴。

會心一笑的風震惡眼底藏著愛意，他喜歡看神采飛揚的溫顏，有她在身邊的每一天他都有如置身蜜罐裡，甜得胸口滿滿只有她，願從此比翼連枝，化做蝴蝶雙雙飛。

第六章　報仇的信念

「中了？」

「是中了。」

「案首？」

「嗯，榜單上第一名的名字是風震惡。」如假包換，無可取代，明明白白的三個字清晰可見，沒人塗改。

「真……真的是我兒，他是案……案首……頭名……」興奮到說不出話的容嫻玉兩眼發出異彩，似在打著什麼主意，面色紅潤到有些不對勁，好像有什麼天大的好事要發生。

中了案首，不只村裡人高興，紛紛上門恭賀，送上賀禮，鎮上的商家、大地主、大戶人家也人到禮到，將風家裡外擠得水洩不通，門庭若市。

就連知縣大人也命師爺送來紋銀一百兩，祝賀風震惡高中榜首的同時也勉勵他再接再厲，中個解元，他是縣裡成績最優異的學生，又是府城第一，考上舉人易如反掌。

看到塞滿屋子的賀禮和不該收的贈金，風震惡是倍感頭痛，有些禮實在太貴重了，不是現在的他承受得起，想退卻又不能退，全是人情，退了一人若是不全退，他受之有愧，可是退了別人的好意又會得罪人，叫人進退兩難。

做人難，難如登天，他在收與不收間左右為難。

可是他母親卻恰恰相反，滿到裝不下的禮金、禮品讓她笑得嘴都闔不攏，一下子病全好了似，不僅能下床招待客人，還一臉神清氣爽病容全消的精神樣，逢人便說自己兒子是世家子弟，很快就要回京，讓大家有空去京裡找她。

此情此景看在溫顏眼中，有了不好的預感，未來婆婆的舉動太過異常，恐會招來禍端。

果不其然。

在半個月後，容嫻玉收到一封來自京城的信，她喜孜孜的拆開信封，可信上的字字句句讓她臉上的笑意漸失，最後蒼白如紙，看完之後淚流滿面，淒厲地大叫一聲——

「不——」

她吐出一口淤血，人往後一倒不醒人事，樂極生悲，不到三天便撒手人寰。

頓失親娘的風震惡忽覺孤寂，無所依恃，如同大海中一艘孤舟，搖搖晃晃不知方向，在海面上漂流。

雖然他曉得母親被藥毒侵害的身子撐不了多久，但身為兒子的孝心仍希望她多活上一段時日，他可以苦一點，忍受她時不時的無理取鬧和自以為為他好的作為，只求閻羅王能晚些帶回她。

可是這小小的願望卻是落空了。

看著漆紅的福棺，掛滿院子的白幛隨風飄揚，檀香味入鼻的香燭裊裊白煙上升，焚燒後的紙錢味……他有點傻了，不敢相信眼前所見。

他娘死了，跟他爹一樣，含著冤屈和不甘而死，他們在闔眼的那一刻是否後悔，為了塵世俗事而枉送性命。

許久不曾開過口的風震惡面色憔悴，雙膝著地跪在母親靈堂中，一張一張燒著紙錢和溫顏摺的蓮花，驀地，一道素白的身影來到，陪在一旁跪著。

「別傷心了。」她伸手握住他的手。

這時候風震惡最需要的是陪伴，所以她陪著他渡過最艱難的一段。

從容嫻玉氣絕、淨身、換衣、入殮，她一步也沒離過，三天來她始終陪在風震惡身側，以兒媳婦的身分幫忙燒紙、上飯，早晚三炷清香，停靈待葬……村裡的婦人也來幫幫手，處理喪禮事宜。

「安慰人的話我不會說，什麼節哀順變太敷衍了，我只說一句，你還有我，你不離、我不棄，陪你一直走下去。」溫顏心疼地看著他，知道他的悲傷藏在心底，再多的眼淚也補不滿心裡的空洞。

她老實承認，她不喜歡準婆婆，太矯揉造作、以自我為中心，沒想過丈夫和兒子的感受，活在自個兒編織的美夢中，一再消耗親人的耐心，把自己跟別人都推到懸崖邊。

只是她也不想她死得太早，人活著什麼都有可能，何必為了一時的不順心，繼而鑽進牛角尖再也走不出來。

「顏兒……」喉嚨發苦的風震惡輕握溫顏小手一下，而後看向擺放廳堂的棺木，他的眼眶發燙，淚水卻流不出來，腦海中回想起母親生前的點點滴滴，一陣鼻酸湧了上來。

「人死了就解脫了，不用日日喝著苦藥，怨天怨地怨榮景不再，風嬸子去了叔叔身邊也算夫妻團聚。」溫顏柔聲勸慰。

「嗯！」他由鼻腔發出輕聲，仍能聽出不捨的哽咽。

「你還有很長的路要走，得振作起來，不可自暴自棄失了本心，人一迷惘很容易走錯路。」溫顏輕撫他的臉，希望他好好哭一場發洩發洩。

他面色沉重的點頭，「我知道。」

溫顏吐了口氣，她不想傷口撒鹽，可是他有知的權利，任何人都不能剝奪，於是，她還是開了口。

「有一件事，也許你想知道……」她說時有些難過，為他而難過，有這樣的娘真是……死者為大，她不好多做評論，只陳述事實，「你娘前幾日給京裡送了一封信，內容寫了什麼沒人知曉，是里正伯伯幫忙寄的，里正伯伯昨兒來上香說的。」

「她又給我祖父寫信？」

風震惡再難過也不免惱火，怎麼沒完沒了，一而再、再而三的自取其辱，親生兒子過世都不聞不問，豈會在意守寡的媳婦和不是養在身邊長大的孫子，他們母子還是風家人嗎？

也許祖父早就忘了嫡長孫長相，在祖父心中只有杜月娘母子，她才是他的心頭愛，掌中寶，正室和嫡出子女全是礙著他們兩情長久的絆腳石，離他們越遠越好。

「嗯！不過回信的不是令祖父，而是……」她頓了一下，不知該不該讓他知曉，增添他的傷痛。

「說吧，我已經沒什麼可以失去了。」望著安靜的紅木棺木，他最親的親人躺在裡面，死不瞑目。

「寫信之人自稱是風家主母，不過我猜應該是令祖父的妾，幾年過去了再無人阻她出頭，因此升為平妻，與你祖母平起平起，只是祖母她……她在家廟修行……」

「什麼？」悲憤中的風震惡忽地站起。

溫顏拉著他的手，要他冷靜，「也許兒子都不在了，因此心灰意冷吧！記得你說過，你祖母的娘家有人在朝身居四品官，相信沒人敢動她，那個女人想對付的是你們……」

風老爺子風定邦原本娶妻薛氏，岳父為吏部侍郎，夫妻感情和睦，鶼鰈情深，生有兩子一女，誰知沒幾年遠房姑母偕女前來投靠，表妹杜月娘年方十六，貌美如花、膚白勝雪，一雙桃花眼特別勾人，表哥、表妹眉來眼去，沒多久就勾搭上了，兩人暗通款曲，表妹便有了身孕。

因為孩子，也因為風定邦的喜新厭舊，移情別戀，風府多了一名貴妾，過了不久生下風

震惡的三叔風長雍。

「……你大伯家的女兒早早被逼嫁，嫁了個關外富商，大伯母在女兒嫁人後回了娘家，

而後二婚嫁給喪妻的鰥夫，也離了京，最後一張信紙寫著，逐出家門便不是風府子孫，族譜

上早已除名，叫你娘勿再糾纏，否則天下將無你們母子容身之地……」

後路已絕，所以他娘不再有任何希望，才會絕望的不想活。

「把我從族譜中除名，憑什麼？」他雙手握拳，因怒氣而全身顫抖，若是杜月娘站在他

面前，他定會一手擰斷她頸子。

除了犯重大過失，汙及家族名聲，族長和各耆老商議開堂會，由族中大老決定此子孫留

不留。

在沒開祠堂議定之前，誰也無權刪除風家族子孫的名姓和身分、地位，而女人……更遑

論是平妻，在族規中只有男人能入祠堂，婦人只能在外面等候，由妾升平妻仍不是元配，她

何德何能拿得到族譜，並擅自除名。

「她寫是這麼寫，但真假有誰知曉呢，你也別太當回事，聽聽就算了。」她不信一個婦

人能隻手遮天，也就一朝得勢了，想逞威風，給人下馬威，一吐被人壓在底下的怨氣。

「我想去一趟京城。」他想替他娘搧那女人一巴掌，將爹娘牌位送進風家祠堂供奉，永享後人香火。

「現在還不適宜，你在守孝，而且你三叔在六部當差，聽說是個員外郎。」民不與官鬥，目前的他們勢弱，還不能與之相爭，需要時間累積實力，將其擊倒。

風震惡握緊了拳頭，咬牙道：「我娘不能白死。」

他買了好藥回來，至少還能拖上兩、三年，娘親不該死在別人的惡意謊言上。

他以為娘親還能等，以他的能力一定能中進士讓她誥命加身，日後坐著轎回風府炫耀炫耀，讓那些認為他們已經山窮水盡的人瞧瞧，不靠風府名頭母子倆也能過得風光。

可是她不等，也等不了……娘親死前有多怨恨才不肯閉眼，他當兒子唯一能做的事是幫她完成遺憾。

「我知道，你想還以顏色，只是你要成長才能應付撲面而來的惡狼。」

他們真的太弱小了，她爹只會讀書教書，他們就兩個人，除了老頭教了他們一點武功外，要人脈沒人脈，要銀子沒銀子，連打架都沒人家府裡人手多，暫時還無法硬碰硬。

「顏兒，妳幫我。」師父說她機智過人，狡猾似狐，心眼多得數不盡，當她的敵人下場非常慘。

水眸如鏡輕閃了一下，溫顏把他的手放開，「怎麼幫，殺了他們嗎？」

殺人對她而言如探囊取物，不是難事，問題是他想讓人死嗎？

「不，我想他們跟我爹娘一樣失去一切，忿恨不休卻又不得不像狗一般求我。」爹的恨、娘的怨，他們一家的家破人亡，他都要一一討回，讓爹娘心中的不甘得到寬慰。

她想了一下，提議道：「過得比人好才是真正的報復，讓人仰望你，仰你鼻息過日。」

「我們去『亡魂谷』。」風震惡雙目凌厲。

溫顏一聽，驚愕地瞠大了眼，「現在是什麼時候，你瘋了。」

「顏兒，妳不是一直想去嗎？我不攔著妳了。」他也去，兩人聯手搜括。

她沒好氣的瞪他，將害死他娘的書信往他懷裡一塞，「我不幫你找死，一口棺木裝個死人就夠了。」

「亡魂谷」顧名思義是死人居住的地方。

天坳村附近的山後面有座綿延百里的峽谷，據說數百年前曾有兩軍在此交戰，死傷無數，因為山谷兩端被巨石封路，活著的人出不去，便埋骨谷中。

幾個朝代滅亡，又幾個朝代興起，原本寸草不生的沙礫谷地有了人血澆溉，人肉腐爛為土，人骨風化後成了養分，因此漸漸生出奇怪花草，有紅有綠，五彩繽紛，有的有毒、有的能治病，滿谷花草香。

老人們口耳相傳，說亡魂谷白日美景如畫，夜裡陰風慘慘，還伴隨著刀劍聲和死人的嗚咽，喊著要回家，但沒人真正見過谷裡的亡魂。

去年有一回她練輕功，追著一隻大黑鷹跑，老鷹越飛越高，她也越追越緊，不意闖入一處白煙四起的黑山，走了一段距離，才發現事情不對。

這座黑山是座火山，噴氣孔不時的噴出濃煙和熱氣，溫度之高足以將人蒸熟。

幸好她追的大黑鷹不曉得為何在山脈周圍繞行，而她剛好身上有季不凡給的紫玉簫，她便將紫玉簫往上空一拋，身子一縱踏簫而上，捉住飛行中的老鷹雙爪。

多了個人，有點載不動的大黑鷹往下一沉，但牠也不想燒成鳥乾，因此賣力的向上拍翅，往東飛了三十幾里，大黑鷹才在懸崖峭壁上的鷹巢降落。

不知身處何處的溫顏找著出路，忽見谷底繁花似錦，於是下谷查看，想著也許有路離開，誰知這竟是荒廢千年的藥谷，雖偶有雜草野花叢生，但成千上萬種藥草在谷中野長野生，茂密到她無從下腳。

她順手拔了幾株藥草，又挖了兩根蘿蔔似的人蔘，還有一些只在醫書上看見的珍稀藥材，一待就待到傍晚，大黑鷹又在崖上叫，似在提醒她快走、快走……

出不了谷的溫顏將主意打到大黑鷹身上，她用藤蔓編成繩，施展輕功上了懸崖，拋出草繩套住大鷹，讓牠帶她飛過火山。

那隻老鷹差點被她折騰死，等她落在原來的山頭已過了子時，全村子的人拿著火把入山尋人，她被衝在最前頭的風震惡找到，那時的他紅著眼眶，一副快哭的模樣，見到她立即緊緊抱住，誰來拉也拉不開。

大概是怕了吧！

她對於那些藥草念念不忘，很想回到那兒採藥，可是那隻大黑鷹再也沒有出現過，亡魂谷的傳說依然是傳說，鬼魂遊盪的地方。

「顏兒，我不想抱憾終身。」他們二房受的委屈太多了，身為人子若坐視不理，他還是個人嗎？

母親的死讓風震惡心態扭曲了，他想他若有很多的銀子便可做很多想做的事，即便撼動不了風家這棵根深的大樹，至少也要剝去一層樹皮，讓人知道他是嘯月的狼，有口咬人的獠牙。

因此他想到亡魂谷，那是獲利最快的捷徑，靈芝，何首烏，人蔘，以及數也數不清藥草，他何愁無銀可用，滿地是黃金，俯拾可得。

他沒想過亡魂谷的險惡山勢和岩漿環繞的可怕，只想要報仇、報仇、報仇……將負過他們一家人的人踩在腳底，感受他們曾經受過的羞辱。

「你……」她氣到嘴唇發顫，覺得他太胡鬧，可是看見他眼底隱忍的淚光，升起的怒氣像退潮的潮水，一下子消失了，只留下悵然，「讓我想一想，我也不是無所不能……」
她是人，不是神，能力有限……
驀地，溫顏腦海中浮起一物，她想她應該做得出來。
「顏兒，謝謝妳。」只要她肯幫他，這事便成了一半。
「先別謝，我還不曉得能不能幫到你。」她不想被趕鴨子上架，可是面對牛脾氣，一心復仇的未婚夫，她於心不忍，沒法子冷眼旁觀，眼睜睜看他做傻事，自毀前途。
「我收到妳的心意了。」他嘴角一揚，笑得令人心疼。
什麼鬼心意，他想得真多……溫顏在心裡一啐，目光看向明明暗暗，即將熄滅的香燭。人死如燈滅，還強求什麼。

「該起靈了，你們……呃！你的靈位捧好，顏丫頭，雖然妳還沒過門，不過風家就只剩一人，我和妳爹提了，引魂幡妳來拿，跟著送葬隊伍上山頭……」也沒人了，只好由她來，不得已。
習俗由長子捧靈，次子手拿招魂幡，無子由族中男丁來替，若無男丁也可以由女眷做，但溫顏是未過門的媳婦，照理說還不算女眷，拿起白幡似乎對親爹有所不妥。好在溫醒懷是通情達理的人，對自家的學子和半子一向相當愛護，知道事出無奈便通融了。

「我拿白幡？」溫顏無比錯愕。

村長招著手，抬棺的村民一個接一個走入停棺的廳堂，「還楞著幹什麼，看好時辰下葬，再不出發土都乾了。」

他指的是墓土，棺木放入墓坑後掩埋的泥土。

「真把我當男丁用……」她嘀咕著，拿起放在棺木旁邊的白幡，照著道士說的往前走，邊喊亡者名字，表示要出門了，跟緊。

「起靈——」

一聲起靈，棺木緩緩抬起。

「摔盆。」

一只泥盆摔成碎片，摔完泥盆的風震惡轉身捧起娘親的靈位，靈牌上「容嫻玉」三個字映入眼中，他雙眼迅速模糊了，淚光湧動……

「走了，送亡者上山——」

人不多，寥寥幾個，除了幾個抬棺者，也就道士，村長帶著幾名幫忙填土的村民在送葬隊伍中行走。

溫醒懷遠遠落在後頭，他不是來送葬的，而是上山探望老朋友，風長寒埋在地底，他帶了壺清酒與好友共飲。

以為很遠，但走沒多久，就到了山頭。

一座座的墳墓有大有小，有的久到看不見墓碑上的字，有的連墓碑都裂開了，露出埋得不深，已腐爛的棺木。

不過一眼望去，有座磚砌的大墓十分顯眼，前頭的墓碑是用上好的石料雕刻而成，刻字宏偉大氣——風公長寒之墓。

「停——」

漆黑的棺木停放在半新的墳墓旁，一人深的大坑新土未乾，道士拿著八卦羅盤測量方位，比劃了幾下才開口一喊。

「下——」

抬棺的再次將棺木抬高，慢慢往長方坑裡下棺，輕輕響起觸地聲，往生咒一遍又一遍，送著往生者魂歸幽冥。

「亡者親眾覆土。」搖著招魂鈴的道士又喊。

風震惡捧著兩手土往棺木一灑，忍不住的淚水往下滑落，他哭得像失去雙親的幼鳥，嗚嗚哽咽，久久不肯離開，看著母親的棺木雙膝落跪，扒著地上的土一捧一捧往墓裡撒去。

撒完土的溫顏見狀也眼眶一紅，滴了幾滴眼淚，將完全失去理智的未婚夫扶起，帶到一旁，輕聲撫慰。

他淚流滿面，哭得好像天地間僅剩一人。

填土的人把土一鏟一鏟往坑裡倒，幾個大男人很快把墓穴填滿，還將墓土踩實了，不會因雨水沖刷而崩裂，一新一舊兩座墓碑並立，立碑人皆是風震惡。

葬完容嫻玉，村長和其他人都走了，就留下一對小兒女，和感慨人生無常的溫醒懷，他將一碗水酒倒在舊墳前。

「先生。」紅著眼的風震惡走上前。

「怎麼了，還難過嗎？」他不會安慰人，只遞給小輩沒喝完的半碗酒，人一醉了就什麼不用想。

他搖頭，又點頭，「我想在熱孝中和顏兒完婚。」

「嗄？」兩父女的表情一致，驚愕。

「我只有一個人了，我想跟你們住在一起。」空洞洞的屋子只有風的回聲，他覺得好孤寂。

溫醒懷猶豫，「這……」閨女才十三歲，似乎有點小。

他搶先說：「我願意當上門女婿，和她一起孝順先生，在她及笄前只有夫妻之名，不圓房。」

溫家父女的神情都是感慨，看他的眼神透露出一樣的意思：可憐的孩子，失恃之痛讓他徹底瘋了，他們要體諒他。

「這是什麼？」看起來像鳥，但不是鳥。

「滑翔翼。」

「它有何作用？」樣子有點奇怪。

「飛。」

「飛？」這麼笨重的東西飛得起來？

溫顏神祕一笑，帶著風震惡去試飛。

事實證明它能飛，而且一飛好幾十里，像是鳥兒在空中飛翔，拉動幾根繩索便能轉向，從空中俯看地面，原本很大的東西變得很小，花了幾天也搞不清楚方向的地形，從空中看得好清楚，山谷縱橫明明白白。

在試飛兩次後，風震惡實在是對滑翔翼著迷了，看著新婚妻子的眼神特別熾熱，似要將她燒成火人……

先前聽說風震惡要娶溫顏時，眾人以為他瘋了，居然要在熱孝中迎娶年僅十三的小姑娘，娶了又不能做什麼，乾熬著不是更痛苦？

可是風震惡簡直是強搶民女的惡霸，他直接把家裡所有的東西都搬進溫家，不管不顧非要和溫顏睡同一張床，逼得泰山大人不得不妥協，辦了幾桌酒菜宴請村裡人，簡單地行了個婚禮，對外宣稱兩人已是夫妻。

住進溫家後，風震惡漸漸從喪母之痛走出來了，畢竟多了兩個親人，枕雙被暖小嬌妻，他臉上的笑意明顯變多了。

不過溫醒懷和溫顏卻是愁眉苦臉，雖然一日三餐沒什麼改變，畢竟平日也送飯到隔壁，但他能不能要點臉呀？動不動爹、娘子的喊，喊得他們壓力好大，唯恐虧待了他。

然而他根本不把兩人的意見聽進去，照樣不把自己當外人看待，他將溫家私塾改成三間屋子，兩間放他從風家搬來的物件和中秀才時他人饋贈之物，一間改建成私人書房，放的是他的書和文房四寶。

既然占了溫家私塾，那就得還岳父大人一個教書地方，因此自家的二進院便成了新的溫家私塾，請人大刀闊斧重新修整了一番，多了可借書、抄書的書房，學生遊樂、放鬆的起居室，以及睡個午覺的休憩間。

當然，上課的地方也由一分為二，也就是說有兩間教室，溫醒懷可以多收些學生，再請一位飽學之人做夫子，不用他再獨撐，後院的廂房可供新夫子居住。

這一連串舉動有點破釜沉舟的意味，讓人不好不接受，風震惡這一招是用了苦心，簡直把自個兒都賣了，「上門女婿」一說傳言甚囂塵上，他還引以為榮，逢人便自稱溫家童養夫。

溫顏是好笑又好氣，徹底服了他，他能這般將臉往地上踩，她怎麼能不成全他，至少誠心到位，這妖孽她收了。

而滑翔翼試飛成功之後，這對小夫妻就要前往亡魂谷。

「一會兒你小心點，底下的熱氣會突然噴發，你得閃身躲避，不可飛得過低，手邊這個拉捍一拉便會上升……」為防萬一，出發之前，溫顏不厭其煩的解說。

滑翔翼在她來的那個年代很普通，擁有不少愛好者，還組成飛翔俱樂部，她為了工作所需也學過一陣子，還曾經拆解研究過，確保自己在天上飛時不會出意外。

而眼前兩架滑翔翼是經由季不凡教的機關術加以改良過，很多現代材料在這裡找不到，她只好另找他物代替，並一再反覆試驗，由距離近到遠距離的試飛，確定無礙才有今日熔岩山脈的飛行。

其實她還是很擔心，凡事沒有絕對的安全，風震惡又是沒飛幾次的新手，若有個突發狀況怕他反應不及。

「……還有呀！你給我看好了，右手邊有紅、綠兩根拉桿，若是遇到大型鳥類的攻擊，紅色這根拉緊便會伸出長達一尺半的利器，我放了十五根，能將百來斤的重物穿透……

「綠色的是控制尾翼，我裝了毒藥，它會噴出黑色濃霧狀的東西，一旦被追趕不休便拉它，不管身後動物有多龐大都能瞬間墜地，免去危險……」

溫顏的心裡壓了一顆石頭似，沉甸甸，她眉間的褶痕越積越深，不曾鬆開，快攏成峨嵋山了。

她的擔憂並非平白無故，雖然已許久沒再見過比人還龐大幾倍的黑鷹出沒，但不表示牠並不存在，上回她掉到鷹巢裡看到兩顆巨蛋，若沒被大蟒蛇吃了，肯定已經孵化了，經過這段時日羽翼已豐，應該也能在天上飛了。

「顏兒，妳放心，我都聽進去了，不會扯妳後腿。」

溫顏嘆氣，但事到臨頭了，也不可能讓風震惡打退堂鼓，兩人分別做好出發前的準備，輕拉飛行桿，順利升空的風震惡朝熔岩山脈飛去。

底下的綠蔭很快被淺褐色土地取代，越飛越遠，地面的顏色越深，幾乎呈現一片黑。

因為他們飛得高，白色煙霧碰觸不到兩人，一縷縷像龍捲風從地底冒出，蔓延整片連株草也不長的黑色大地。

不過飛得久了就會感受到四周的熱度逐漸升高，在可以忍受的範圍已汗水直流，很快地濕了一身。

「小心，有巨鷹飛來……」溫顏大喊，她無時無刻的警戒著，出過無數次任務的她向來謹慎。

「我來。」風震惡興致勃勃，想試試娘子研製的武器。

「嚇嚇牠們就好，別傷了牠們，那隻體形最大的黑鷹救過我，不要傷及性命。」

溫顏抬頭看了過去，心裡默默地說：又見面了，大黑鷹。

鷹也有靈性，大概是認出她了，帶頭飛的大鷹抬頭長鳴一聲，似在打招呼，後頭兩隻小的偏了偏頭，看看長得和牠們不一樣的「鳥」，其中一隻還往下飛，朝他們的翼架一抓，兩架滑翔翼一左一右散開，鷹爪子落空。

另一隻小鷹見狀也飛過來，一鷹追著一架滑翔翼，不時用鷹喙啄向看起來「好吃」的肉，追逐了好一會兒。

快飛過熔岩山脈了，大黑鷹又叫了一聲，追不到「肉」又差點被射傷的小鷹悻悻地朝大鷹飛去，兩小一大的老鷹消失在天際，空中留下拉長的鷹嘯聲。

「阿惡，左前方兩里處有塊突出峭壁的灰白色平石，我們在那邊降落。」有驚無險，終於到了。

容嫻玉過世過了百日，時節已到六月底七月初，天氣依然炎熱，即使沒有熔漿的熱度，天氣還是很熱，陽光熾烈到人都快脫一層皮了。

山谷中花草的茂盛有調節氣溫的作用，兩人一落在離谷底還有一段距離的巨石上，底下的風往上一捲，頓時涼快多了。

「這裡就是亡魂谷？」看來真壯觀，遠遠望去，居然是一畝左右結著紅色果子的人蔘田，這些人蔘最低也有百餘年了。

「你小心點，不要踩到安眠於此的先人，有的骨頭風化了但形狀仍在，我上次就踩著了好幾具屍骸……」不過大多早已腐化成泥，只有少部分的白骨還勉強有個形體，一踩下去發出令人寒毛直豎的骨頭碎裂聲。

「居然還有？」傳聞中不是幾百年前的戰爭了？

「誰知道為什麼還有呢，畢竟那場大戰也是傳聞，誰也不知到底發生在什麼時候，總之小心點走吧。」固定好滑翔翼，溫顏一馬當先地下了山壁。

風震惡沒有溫顏草上飛般的絕頂輕功，但練了幾年功夫，身手也不差，溫顏下到谷底沒多久，他也抵達谷底，與她並立站在長滿藥草的山谷中，有些草藥長得比他還高。

當歸、淮山、天麻、杜仲、北杏、玉竹、何首烏、土茯苓、百合、羅漢芝、田七、冬蟲夏草、靈芝、雞血藤、白芷、王不留行、金線蓮、五爪金英、蛇舌草……

咦！那是人形果嗎？聽說是仙人種下的仙果，能延年益壽，增加一甲子功力，食之白髮轉黑，七旬老者瞬間年輕五十歲，看來二十出頭，亦能返老還童，煉製長生不老丹。

看著兩人高，掛果數十顆的人形果樹，風震惡不自覺將手伸出，想摘幾顆放入收集袋。

他和溫顏各帶了三只麻袋大小的收集袋，大袋裡又有巴掌大的小袋子，用來裝根莖類草藥和果實，另外又有十幾個小荷包，收集珍稀藥草的種子，回去後可以試種。

「別碰，有毒。」溫顏適時提醒。

「有毒？」它不是藥嗎？

看出他心裡的想法，她扯了幾片人形果葉往袋子裡放，一邊解釋，「它是紅色的，表示尚未成熟，未完全成熟的果子含有劇毒，碰一下全身腫脹，皮膚發黑，未能及時醫治皮肉會脹破，流出黑色膿汁，三日內不治身亡。」

「什麼顏色才叫成熟，妳摘葉子不會中毒嗎？」葉片是心形，一面紅、一面綠，十分怪異。

「葉片可以解毒，果實顏色轉為全黑便可摘取，你要是不慎中毒了，將葉片揉碎擠出汁，塗抹在碰觸處即可。」老頭給的百草藥典上有詳細記載，還有製藥的丹方。

「它要多久才會成熟？」叫人看了眼熱。

「三十年。」她隨口一說，摘下百葉蘭可以治病的紫色花苞，百葉蘭曬乾後磨成細粉和其他藥草混合便可治喉疾。

他一聽，錯愕不已，「顏兒，這玩笑不好笑，妳知道一顆人形果有多值錢嗎？有價無市，萬金難買。」

「俗了。」藥是用在治病，不是論斤論兩的賣，再者，還得擔心懷璧之罪，就算摘了人形果，敢拿出來賣嗎？輕則居無寧日，重則家破人亡，即便是皇家也不擇手段去搶。

「是很俗，誰叫咱們缺銀子。」風震惡自我調侃，看到泛濫快成災的藥草，他覺得自己走火入魔了，眼前各種藥草不是藥草，而是白花花的銀子。

「開花一百年，結果一百年，成熟一百年，下一次開花我們恐怕都已經不在人世，這棵人形果應該不只一千年了，結一次果子不容易，你就別打它主意了，不如地上瞧瞧有沒有漏網之魚，沒有被鳥獸吃掉。」

「它不會壞？」一顆果子放一百年怎麼可能不壞。

「落地不碰觸到泥土，人形果可以保持百年不腐。」書上說的，她自個兒也沒見過，姑且相信吧！

「真的？」風震惡卻是認真了，連忙低下頭在人形果樹四周尋找，只要找到一枚他就富可敵國了。

溫顏早就不理會他的瘋子行徑，兀自找著她想要的藥草，幾口麻袋也快裝不下去了。

「找到了，顏兒，找到了，妳看這是不是人形果？」黑得發亮，約半尺長，手、腳、頭都有，形似人的樣子。

溫顏抬頭看了一眼，露出會心的微笑，「運氣不錯。」

「那倒是，遇到妳不就是我的福氣。」他不忘討好小娘子兩句，不致得意忘形。

她心裡被灑了一把的糖，甜得發笑，「快挖兩棵大人蔘，賣人蔘還比較實際，我們時間不多了，得在太陽下山前離開，不然山谷內會佈滿令人窒息的瘴氣。」

溫顏發現有些藥草的葉片上留著瘴氣的氣味，既然白天不見有瘴氣，必定是入夜才有。

「好，我來挖人蔘，妳去摘種子，我們開闢一處藥田，以後就賣藥草……」他已想好了日後的規劃。

第七章　救下五皇子

看著風震惡，溫顏微微皺眉，「走了，別貪心，採多了重量太重，飛不起來……」藥草是採不完的，犯不著為了貪多而得不償失。

「再等我一下，這片血靈芝我一定要從樹上鏟下來……」比他臉還大的血色靈芝豈可放過，就算不賣銀子留著娘子煉藥也成，他娘當日若能含上一小片血靈芝，人就不會死了，至少有七成希望能救回。

用利鏟對著樹皮使勁的挖，挖得面色漲紅的風震惡想到死去的母親，一時心中悲愴，不小心就把手掌劃傷了，流出不少血，他低頭吮去，不讓溫顏發現他受傷了。

「一會兒飛不動我可不等你，你就等著被熔岩山脈吞了吧！」她沒好氣的瞪人，一朵靈芝而已，值得他這麼拚命？她袋子裡有品相上乘的黑靈芝，一朵可敵三朵血靈芝，她摘了連成片的十三朵。

「我就來了，可別扔下我，好娘子，我們一起來就要一起走。」他一急，直接將靈芝扳斷，雖然缺了一角不夠完整，但用來燉湯或是入藥還是不錯的，他將靈芝往袋裡一扔便跟上走在前頭的小女子。

只是……有點沉重。

在上了滑翔翼後，風震惡才霍然明白溫顏適才的意思，他挖的大多是較為值錢的根莖類藥草，因此小小的一袋就十分沉重，身為習武之人拿在手上還拎得動，可是連人帶物往滑翔翼一放，赫然發現整個人往下沉，連滑翔翼也拉不高。

這會兒他真後悔了，不該不聽娘子的話，以為採越多越好，不枉費冒險走這一趟，畢竟能來一回不容易，貪心的未顧及後果。

反觀溫顏是行動自如，不見絲毫笨重感，她的袋子比風震惡的麻袋多，可是看起來卻沒有一點重量似的，風一吹跟著飛起來，與扶桿同向往外飄。

「丟掉一袋，不然你過不了熔岩山脈。」都說了別太貪，他卻還是抵擋不住內心魔鬼的召喚。

她第一次發現亡魂谷時也跟他一樣，想將此地佔為己有，將所有入眼的珍稀藥草全帶走，就算自個兒用不完也不讓給他人，自詡是藥谷的主人。

只是後來她想通了，千百年來亡魂谷一直在這裡，它屬於天底下的有緣人，只要有人能到達此處，便可得到土地的饋贈。

「不，我可以……帶得回去。」他牙根咬緊，扯動拉桿使其升高。

溫顏是姑娘家，年紀又小身子輕，加上她幾口麻袋裝得是植株、種子居多，草葉類較輕，所以受到的重量影響不大，可風震惡已是成人體形，男子的體重原本就較女子沉，他連袋子的重量加起來是溫顏三、四倍，想像她這樣忽左忽右的飛行是不可能的事，他根本是拿命在開玩笑。

看到底下的滑翔翼偏左偏了一下，差點重心不穩翻過去，心口一抽的溫顏驚得臉都白了，冷抽了口氣。

她忍不住焦急地喊道：「阿惡，別犯傻了，要是你掉下去了，什麼都沒了，還逞什麼強！」

「不會的，妳信我一回……」

才剛一說，一進熔岩山脈的邊緣，一股熱氣往上衝，差點沖擊到飛得低的風震惡，他驚呼一聲用力拉動桿子，藉著熱氣飛開，這才沒被燙到身子。

「你再不扔，回去就和離。」她開口威脅。

「娘子……」他這般貪心地挖藥，除了為賺錢累積報仇的本錢，也是因為他是男人，養家活口是他的責任，不能全依賴她，他不是吃軟飯的。

「別叫我，我等著二嫁。」早知道他嫌命太長，她就不該答應他熱孝成婚，直接將人趕出去。

「溫顏，收回妳的話。」他急了，話語帶上幾分怒氣。

「丟不丟？」她操縱滑翔翼，飛到他前頭，臉色冷漠，好似只要他敢搖頭，她立即頭也不回的飛離熔岩山脈。

「妳……好，我丟，妳不許走。」他一咬牙，默然的解開最沉的一袋，它筆直的往下掉，而袋子剛一解開，滑翔翼就往上升了十餘尺，那種毛髮快燒起來的熱痛感驟然消失。

至於落地的袋子，在三個呼吸間忽然冒出煙，天上的兩人見狀，暗暗嚇白了臉，這要是人在熱土上行走，大概很快就熟了。

「顏兒，好娘子，是為夫錯了。」知道自己做錯的風震惡先低頭，他終於明白冒煙的山有多凶險，明白溫顏都是好心好意。

她頭一偏，「一個月不要跟我說話。」

她生氣了，做為穿越者，活火山的危險再清楚不過了，人不能與大自然去鬥，求一時的僥倖，偏偏風震惡怎麼也不聽勸告。

「不行，我受不了，我一天……不，一個時辰沒聽見妳的聲音，我會像煙火一般在天空爆開。」風震惡裝可憐，追在小媳婦後頭求諒解，姿態放得相當低。

不聽、不聽、不聽……回去她就把滑翔翼毀了，不管他再怎麼要求她也不會再帶他飛上天，被他不怕死行為嚇到的溫顏真的氣到全身都要冒火了。

「娘子，別氣壞身子，我保證下次一定聽妳的，妳說什麼是什麼，絕無二話。」先哄好自家娘子，以後的事以後再說，總會有機會。

此時的風震惡沒想到再也沒有以後了。

其實他並非財迷心竅，只是一時繁花迷了眼，因即將到手的財富而忘了本心，不過他很快就清醒了。

「顏兒，真的跟為夫嘔氣嗎？我曉得妳是為了我好，怕我因身外物而喪身，不過妳要對我有信心，我還沒跟妳圓房，絕對不可能讓自己死。」他信誓旦旦，說的話卻讓人紅了臉。

圓房？溫顏臉上又氣又臊，羞紅一片，她自認為臉皮不薄，也是禁得起言刀語劍，可是一遇到什麼也不顧，張口一通心底話的風震惡，她真的自嘆不如，一張臉皮都被磨薄了。

一前，一後，兩人飛過高聳的山脈，熱得將人融化的黑山被遠遠拋在身後，迎面而來是徐徐涼風。

日落西山，餘暉映日，燃燒的紅雲高掛半邊天，飛鳥成群往林子飛，白額吊睛老虎也回到牠的山頭棲息，天未暗，北方第一顆啟明星已然升起……

驀地，一陣兵戈交擊聲從底下響起，正要降落的兩個人聽見刀劍聲響，同時低頭往下一看。

「莫管閒事，我們走。」

「可是被追殺的那一撥人往我們練武的林子去，娘子，這事管不管？」風震惡打趣，他很清楚林子裡有什麼。

「什麼？」溫顏想到她剛做好，但沒開啟的機關，要是被人闖進去破壞了，她努力快半年的成果不就白費了。

「咦！前面那幾人看來眼熟……」

因為離得遠，看不清楚，風震惡沒認出來那就是夜梓一行人，在他說話的同時，有兩人為護主而死，背後中了數箭落馬。

夜梓咬牙，悲痛地道：「青狼、東僖……」他們跟了他很多年，他……護不住他們……護不住……他太沒用了。

「主子，別回頭，快走，你身上有傷……」黑衣護衛迅速揮劍，斬斷飛向他們的箭，但是仍有一枝箭漏掉了，穿透他的肩胛骨，留在肩上。

「你先看看阿渡的情形，他傷得比我重。」要不是為了救他，阿渡也不會胸前被砍中一刀，一行十八人騎馬出京，如今死得只剩他們五人，眼看著又有人中箭，恐怕他要命喪於此了。

黑衣護衛馭馬靠過去問道：「世子爺，你還撐得下去嗎？」

另一匹黑色駿馬上趴了名年輕男子，正是司徒渡，他身上不斷流著血，臉色慘白如紙，一隻手無力的垂下，另一隻手抱緊馬頸。

「我……我還好，護住五……五皇子……」他死不打緊，但不能讓京中那些人得逞，否則武周侯府將全府覆滅。

「別說話，保存一口氣。」夜梓焦急地說，眼中閃過自責和狠戾，真要趕盡殺絕，半點兄弟情也不顧了，當初他就不該心軟，養虎為患，縱虎歸山，他犯了對敵人仁慈的大忌。

「呵，我想我不行了，你……你別管，自己、自己走，記……記得給我爹帶、帶句話，不孝子先……先走一步……」司徒渡眼中有淚，他想著被他拖累的親娘，因他是五皇子一黨而遭人惦記、陷害，他只來得及送娘親最後一程，娘親遺言交代，要他離京城越遠越好

「別胡說，我一定會帶你回京，讓你成為天子之下第一人，我以夜家的列祖列宗起誓。」他不能再失去了，他的母妃，他的皇子之位，以及為他而死的兄弟……

「你這是何苦……」司徒渡一口氣上不來，吐了一口血才緩過來，但氣息微弱，隨時有可能斷氣。

「阿渡，你用命護我，我定不相負。」有朝一日他登上那個位置，必定封他為王，同享一世榮耀。

五匹馬繼續疾馳，卻只餘三個人，另外兩個人已經犧牲了，而身後的追兵不下百名，長弓在手，緊追在後。

「主子，你們先走，屬下來引開他們。」不能再遲疑了，否則一個也逃不掉。

「牛統領……」夜梓聲音沉痛。

牛統領神色堅毅，「您活，我們才有生路，請主子為我們保重。」他們的家眷，以及數以萬計的追隨者，全繫於他一人。

看到不斷為他捨命的人，夜梓心中的痛無法言語，「我何德何能，你們……你們……我不會忘記……」不論活著的，還是死去的，他通通記在心裡，每一張染血的面孔，都是碑上的烈士。

「主子請下馬。」牛統領找到一隱密處，他先下馬將馬上的武周侯世子扶至樹後，再屈膝恭請效忠之人。

「你……小心……」千言萬語卻難以說出口，夜梓知道對方的舉動是九死一生。

「是，屬下還要當您的先鋒官。」牛統領俐落地上了馬，目光堅定，彷彿前方等著他的不是刀山箭雨，而是奼紫嫣紅的仙境。

明知死路一條，吾勇往乎。

「好，我等你。」夜梓被他的氣勢激勵，神色轉為沉穩堅定，鏗鏘有力地說。

馬蹄聲噠噠，由近而遠。

望著逐漸離去的背影，面色發白的夜梓扶著幾欲昏厥的司徒渡往茂密的草叢一躲，他盡量屏住呼吸，不讓人發覺兩人。

牛統領前腳剛走不久，雜亂的腳步聲隨即而至，敵人追著馬蹄印子向前疾行，不知疲乏的雙腳步履輕盈，踏雪無痕，一行百人或持劍，或背弓，眼神冷銳，殺氣騰騰，行走身姿似出身軍旅，敏捷而迅速，銳利從容。

顯然，這是一批從軍中調出的精兵，個個背脊挺直，目光如炬，習慣於日夜不歇的行軍，未完成任務是不會放鬆，給人鐵血士兵的感覺，又似特意訓練出的死士。

兩人屏氣凝神，直到這一行追兵遠去。

「五皇子，我們真的能……逃……逃得過太子的追殺嗎？」沒想到看似敦厚的太子居然如此心狠手辣，為排除異己私下誅殺令，讓他們從京城一路逃到平陽縣。

「聽天由命，老天要我們死，我們就活不了，祂若不想我們死，總會給我們一條活路。」夜梓其實也有受傷，眼前略顯模糊，一路逃進山林，他十分疲憊，不過是強撐著不讓自己倒下，他怕一倒就再也起不來。

看著五皇子沮喪的神情，痛得想放棄的司徒渡想起死去的娘，「你想念寧妃嗎？」

一提到死去多年，被皇后害死的母妃，夜梓眼中閃過恨意，「不敢想。」

因為他還未替她報仇，手刃敵人，他沒臉去想。

夜梓從不相信皇室中人，也很少有交心的朋友，他只相信權力，相信人要站在高位，才能讓別人敬畏自己，日子才能夠順遂，他的目標便是擁有至高無上的皇權，成為萬民之主。

當年，他與尚未成為太子的皇后之子處處爭鋒，可是他生母已逝，失了一股助力，在爭儲之路落了下風，被皇后和國丈聯手派往西南鎮壓起兵造反的土司。

等他凱旋歸來之時，太子之位已定，而皇上突發舊疾無力主政，在皇后枕邊風的推波助瀾下，皇上下令由太子監國，主掌朝廷政事，皇上則到行宮養病。

沒人料想得到太子接手的第一步，竟然是陷害忠良，將非太子黨羽的官員加以莫須有罪名，有的調識、有的外放，有的連降三級，有的發配邊關，有的直接關入大牢。

親五皇子的派系也遭到牽連，一夜之間風聲鶴唳，死傷無數。為了斬草除根，太子還派五千禁軍圍住五皇子府，不讓任何一人進出。

在這種狀況下，即使府中有囤糧也不能應付多久，一個月、兩個月還行，若是半年以上便有斷糧之虞，人將活活餓死。

因此夜梓必須突圍，想辦法離開，他若不走會連累更多的人，然而太子的用意便是逼走他，好趁機殺了他。

「我想我娘。」司徒渡的眼眶紅了，溢出思親的淚水，說實在地，他還不到十七歲，是個孩子，需要親娘。

聞言的夜梓鼻頭有點發酸，其實他已經不太記得母妃的音容，她死時他才六歲，根本不懂死亡是怎麼一回事。

他不願再說這些令人絕望的事，眼看著追兵沒有返回的樣子，低聲問：「阿渡，走得動嗎？我扶你。」

司徒渡連搖頭的氣力都沒有，只有苦笑，「你……一個人走吧，不……不用管我，我只會……會拖累你……」

這一次真的不行了吧！他的血快流乾了，如果有來生，他希望當個農家子弟，不再生在動貴人家……太累了，一輩子都在算計，從出生到死亡。

「說什麼傻話，要不是你背著我，我走得出皇宮大內嗎？太子才會因此找上你，將你視做我的黨羽。」他闖宮想見父皇，卻被假傳聖旨的皇后重責一百大板，若非阿渡找來數名大臣怒斥皇后干政，他可能已被打死了。

司徒渡以為自己笑了，實際上卻只是虛弱地動了動嘴角，「我本來就是……五皇子黨，眾所皆……皆知，就算我那天什麼都不做，太子也遲、遲早將屠……刀指向我……」他是逃不過的，太子什麼都看在眼裡，只不過按兵不動想一網打盡，不漏失一條漏網之魚。

「不說了，來，我們離開這裡，你的傷我會找人醫治……」夜梓情緒起伏，此刻才開口說話就咳出血來。

司徒渡的傷是看得見的外傷，若能及時上藥，做適當治療，這一關不難渡過，而夜梓是內傷，傷及內腑，若無好藥調理，再靜心休養數月，只怕凶多吉少，危在旦夕。

「五皇子，你先顧好你自己，我……來世再與、與你並肩作戰……」天怎麼暗了？

一道巨大的黑影飛過上空，司徒渡卻以為是自己失血過多，眼前發黑，大限將至，他閉上眼睛等死，希望能再見到母親帶笑面容。

「不行，一起走……」夜梓咬牙拉起司徒渡，就算是死也要帶上他。

「想走到哪裡去呀！五皇子。」陰惻惻的獰笑聲驟起，似在諷刺兩人臨死前的無謂掙扎。

夜梓臉色陰沉如墨，「東方問，是你？」太子居然派他出京？

面如冠玉的男子嘻皮笑臉地說：「看到下官很意外嗎？下官很感謝五皇子的提拔，但良禽擇木而棲，下官也感念太子殿下的賞識。」識時務者為俊傑，他不過是做出正確的選擇。

夜梓冷冷嘲諷，「果然是禽獸。」

東方問是他一手扶起的京官，當年以探花郎的身分入朝為官，他十分看重，寄予厚望，一朝卻成了咬人的蛇，讓他成為可笑的東郭先生。

果然人皆不可信，前一刻為他赴湯蹈火，下一刻也會為了自身利益背叛！

因為這件事，日後夜梓登基為天隆帝，對任何人都帶著三分防備，即便是和他一起打天下，助他稱帝的結拜兄弟也生起猜忌之心，整日想著削爵、奪權，唯有死人不能成為後患，多疑成了帝王的心病。

東方問聽出他的意思，臉色微變，旋即卻又露出感慨神色，「死到臨頭還要逞口舌之快，並不明智啊，其實下官也為殿下惋惜，萬里江山就在眼前，可惜不屬於你。」

「哈哈……君臣一場，就讓臣送你上路吧！」他手一揚。「給我殺——」

東方問身後十餘名蒙面殺手持刀劍齊上，他遠遠站開，面帶微笑的觀看這場單方面的屠殺——

「啊！」血濺三尺，哀嚎聲驟起，倒地不起的竟是黑衣人。

東方問倉皇張望，「誰，誰敢殺我的人……」

「唔！痛……水，給我水……我要水……」

一碗帶著淡淡藥味的糖水送到嘴邊，咕嘟喝水的男人有點神智不清，他努力想睜開眼，卻發現有心無力，喝完水後，他又沉沉的睡去，四周寧靜得讓人非常安心。

不知過了多久，他在一股雞湯香味中醒來，入目的是腰粗的屋梁，交錯的橫木支撐著屋頂，隱約還能看見一片片青色屋瓦，重重疊疊，屋子四個角落沒半片蜘蛛網。

這是平民百姓的住家吧！看得出家境並不富裕，但也不致差到無米下鍋，十分樸實的擺設，怡然自得的過日子。

採菊東籬下，悠然見南山。

莫名的，躺在床上的夜梓忽然想到這句話，尚未見到屋子的主人，他便覺得是個雅致的隱士。

「娘子說得沒錯，果然醒了。」可以擺攤算命了，掐指一算，絲毫不差，說午時三刻醒便這時辰醒。

「你是……」朦朧間，夜梓看見一名男子背著光，推門而入，手上端著托盤，托盤上置一碗一盅。

「風震惡。」

夜梓兩眼微瞇，望著越走越近的人影，模糊的視線變得清明，「我似乎在哪裡見過你？」似曾相識。

「兩千兩白銀。」人助、天助，算他運氣好。

「兩千兩白銀？」什麼意思？他完全想不起是怎麼一回事，神色狐疑的顰眉。

「去年在府城的醫館，胸口中箭的傷者。」風震惡不想說得太明白，由著人去回想，他看此人十分刺目，好似貓鼬與蛇，天生相剋。

聞言，夜梓的眼睛忽地睜大，「是那個小姑娘救了我？」

他沒忘了雙眸特別清亮的小大夫，第一個讓他吃了悶虧都無法討回面子的人。

「是我們救了你們。」風震惡揚聲強調，報恩要記對恩人，不要妄想藉著救命之恩接近他的娘子。

聽到「你們」，夜梓霍然想起還有失血過多的司徒渡，「我那位朋友呢！他還活著嗎？」

夜梓想起身尋人，風震惡托盤一放將人壓回床上，「他的情形比你好，兩天前就清醒了。」

兩天前……

夜梓皺眉問：「我睡了多久？」

「五天。」他拿起托盤上的人蔘蟲草雞湯，讓受傷的人自己喝，他不是侍候人的下人。

夜梓一訝，「五天？」怎麼可能，他也就胸口中了一掌，有些氣悶難受，其餘都是刀劍劃過的小傷，上點藥就成了。

「你以為我騙你嗎？另外那一個是刀傷，流了不少血，切去腐肉再縫合，開點補血的藥，他氣色好得像抹了胭脂，要不是怕傷口裂開還能打套拳。」他說得誇張些，但司徒渡確實已無性命之虞，只要好好休養便能痊癒。

「那我呢！」他明明沒什麼傷，卻感覺氣血凝窒，似有什麼阻塞了筋脈。

「你自己都沒發現胸口多了一道血手印？」他到底是多遲頓，居然沒察覺要命的一掌。

「血手印？」夜梓拉開衣襟，低頭一視，驚愕。

為什麼會有掌印……對了，太子身邊的人朝他拍了一掌，當時他只覺得痛，不以為然，沒往心上放，只顧著逃命。

「娘子說這叫寒冰掌，中了寒冰掌的人寒氣入身，全身的血和氣脈會像冰一樣的慢慢凝結，等到寒氣攻心時，你也就變成冰人了，不用再喘氣了。」

「娘子？」他眉頭一蹙。

風震惡面有得色的炫耀，「娘子是我明媒正娶的妻子，又稱正室、元配，死後與我同穴而葬的女子。」

聽他洋洋得意的話語，夜梓哼了聲，抬槓地道：「你這麼早成親？」

風震惡眼神一黯，略帶傷痛地說：「我娘去世，我們在百日熱孝中結成夫妻，若再等上三年對她不公。」也是他的私心，唯恐遲則生變。

夜梓一聽，心口微痛，母妃的死是他一輩子也抹不掉的傷口。

「節哀順變，世上無長生不死……」夜梓勸慰的話說到一半忽然打住，不對，他隱約記得那個小大夫便是此人的小未婚妻，小小年紀醫術精湛……難道，他口中的娘子，是她？

「你和誰成親？」夜梓衝動問出口，卻忽然不想知道，心頭發悶。

「當然是我娘子。」風震惡故意說得語焉不詳。

「那個小大夫？」

果然早下手是對的，瞧他那副賊相，肯定心懷不軌。

風震惡故意道：「當然是她了！還能是誰，我就只有一個未婚妻。」

「她不是……尚未及笄？」記得當初見她，她不過十三、四歲左右，眉眼還沒長開，還是天真可人的小姑娘，就是脾氣不太好。

「是呀！不過不妨事，娘子說早結晚結都要結，反正又不會換夫。」這話他聽得樂了一整晚，起床還在傻笑。

「你真是禽獸，怎麼不得了手！」他冷嘲，不屑。

風震惡笑笑地把他喝完的雞湯收回，換上湯藥，「喝吧！不想死就一口飲盡，你以為你的內傷好了嗎？」

「你……」無禮庶民，竟敢對皇子不敬。

「你該慶幸你付了那兩千兩診金，娘子用了那筆銀子請人鑄了一組銀針和一套刀具，這段時日她勤加練習、學習醫術，這才及時阻止了你的內傷惡化，以及那一位的流血不止，再一次救人於危難。」他左眉一挑，意思是：你知道該怎麼報恩，雖然我們施恩不圖報，不過我們也要吃喝，誰叫我們是俗人。

「你想要多少？」夜梓直接了當的開口。

「看你的命值多少？」風震惡也不拐彎抹角，當面鑼對面鼓的商量，不用太多廢話，明明白白的討論實質好處。

隱約地，屋中有男人對男人的火藥味，一觸即發。

「阿惡，他藥喝了沒……咦！你醒了，我還擔心自己的醫術出了問題，怕你沉睡不起。」那就麻煩了，他們家開的不是善堂，沒法長期收留一名植物人。

打扮簡單，卻有若清晨露珠般清新可人的溫顏笑顏如花，會說話的水眸漾著動人的秋色，她一出現，原本胸口痛的夜梓心跳漏了一拍，突有滿園春花開的悸動。

「小大夫？」她長得更加嬌美動人了，一點也不像鄉下姑娘。

「我叫溫顏，你可以叫我溫大夫，或是風家娘子，我成親了。」溫顏的態度很親切，卻又帶著距離感，不讓人過分親近，彷彿隔山隔水般朦朧，似近又似遠。

「跟他？」明知故問的夜梓語氣多了不信，好似在說：何必糟蹋自己，妳值得更好的，當女人要懂得選擇。

「是呀！他是風震惡，我的夫婿，是他把你們兩位扛回來的，我可不行。」要不是她收過他兩千兩診金，又算是熟人，她會選擇視若無睹，見死不救，她學醫是興趣，是為了自救，在亂世中更好的生存下去。

「扛？」聽起來讓人很不舒服的字眼。

「對，像抓山豬一樣一邊一個扛在肩上，你們沉得像屍體，沒把你們埋了要感激涕零喔！」差一點，這兩人得重新去投胎了，幸好遇到她，又正好她從亡魂谷回來，帶了不少治病醫傷的藥草。

聞言的夜梓眼角一抽，小姑娘……不，小娘子說話真不客氣，直接扎人心窩，他果斷的岔開話題，「我那朋友好些了嗎？」

「比你好。」

夫妻說法可真一致，他眼皮又抽，咬牙問：「好到什麼程度，可以下床行走嗎？」

「你們想走？」溫顏臉上的神情是嘲笑。

「我們有急事，不能逗留太久。」京裡的事一片混亂，人人自危，他得重組渙散的陣營，一個回馬槍打得太子措手不及。

「請便，想死不怕沒鬼當，祝你們早登極樂。」黃泉路上兩人結伴同行也不寂寞。

「我們都醒來，傷勢也在復原了不是？」

「那一位的刀傷都入骨了，沒個十天半個月怕是走不了，否則日後陽壽不長，而你表面傷不重，實則重擊內腑，沒有半年以上的療養，寒氣會遍走全身，三年內身體是暖不了，即便盛夏時節也寒冽不已……」他得拔除寒氣，入體的寒氣早已流竄奇經八脈，遍佈四肢百骸，幸好遇到她，不然連一線生機也渺茫。

「三年後就好了？」他滿臉希冀。

「是呀！好了，人都死了，魂歸西天，還能不好嗎？」溫顏最不喜歡這種費了大功夫救回來，卻還不知珍惜身體的人，忍不住諷刺。

夜梓一聽，面皮黑了一半，抽搐了幾下，「換言之，我最少得在這裡待上半年，不然性命不保？」

溫顏搖搖頭，「你也可以不待，只要有好的大夫和一處溫泉，你一天要泡三回，一次約一個時辰，而且不能受寒，一旦受寒前功盡棄，神仙下凡也救不了你。」

夜梓把目前的處境在腦中過三遍，想著該怎麼做才對自己最有利。

片刻後，他態度變了，客氣地說：「以後麻煩兩位多照料了。」

「診金。」風震惡可沒忘記這事，雖然他們這回帶出的藥草足以令人致富，可銀子沒人嫌多。

夜梓眉頭一擰。「沒有。」

他身上從來不帶銀子，只有象徵身分的玉牌，但他不能給人，還有用處，它能調動江北二十萬的兵。

溫顏倒是不知道風震惡已經跟對方討診金了，不過他不討，她也是要討的，此刻就不吭聲，讓風震惡出面。

「沒有是什麼意思，想賴帳。」為了救他，不知用了多少上了年分的藥材，若不給診金豈不是虧大了？近朱者赤、近墨者黑，生性正直的風震惡被溫顏帶歪了，多了絲算計。

「目前給不了，但我一定會給。」夜梓的語氣中多了怒意，天下是夜家的，他會欠錢？

風震惡雙手環胸，「那就做工抵帳，還些利息吧！我岳父的私塾缺了位夫子，你來代勞。」

「我？」他訝然。

「沒錯，是你，咱們總不可能平白供你吃供你住，還幫你治傷一年吧？你不知道，我娘子說，等你醒來之後每隔三日要泡一次藥浴，一次約半日，半年內寒氣可解，不過要真正好全，不會時不時打擺子，得整整泡上一年，給你用的藥材可都是錢。」想到要日日對著他，風震惡頓感人生苦悶，日子難過。

「一年……」他思忖著。

溫顏補充兩句，「寒氣這玩意不可小覷，要不是我們這兒靠近熔岩山脈，有一種特殊的烈火石輔佐，你的內傷不可能好得這麼快。」

烈火石是種極為特殊的石頭，散佈在熔岩山脈，似乎是這個世界特殊的產物，入手彷彿握了火焰一樣炙熱，在另一個時空，她沒聽說過這麼神奇的東西。

夜梓無奈，「我明白了。」

他這句話等於暫且同意了風震惡的說法，當夫子抵債。

略略停頓了下，他想到一個疑點，打量著他們問：「……你們是怎麼救我們的，那些追殺我們的人呢！」東方問不會那麼簡單放過他，必定會繼續追殺，他們不過兩個人，如何能夠帶著他和阿渡逃出那百人的追逐。

「人哪！死了九個，其餘負傷而逃。」他們居高臨下，以滑翔翼上的武器加以射殺，威力十分驚人。

「你們殺的？」夜梓很是意外。

「我娘子和我都會點武功，殺了你們也是綽綽有餘。」風震惡的意思是要夜梓安分點，敢輕舉妄動死無葬身之地。

「……」夜梓聽得眼一瞇，目光銳如劍。

第八章　上京趕考去

「橫九豎七……」這一步棋絕對沒錯，他看得很仔細，不可能再輸了。

「你確定要下在這裡？」這孩子太躁進了，性情急，只想攻、不會守，把弱點暴露在外人眼中。

「沒錯，山長，你要輸了。」咧開嘴笑的司徒渡像個孩子，快十九歲了還傻乎乎的，學不會隱藏情緒，說穿了，是個能帶兵打仗的將軍，橫衝直撞，直搗黃龍，一拳將人打倒在地的莽夫是個猛將，可是少了謀劃和才智。

「是嗎？」執白子的溫醒懷面色暖暖，一子定江山，擋住他的退路，兵敗如山倒。

溫醒懷成了「懷德書院」的山長。

話說當時溫顏和風震惡從亡魂谷中帶回無數珍貴藥草，他們賣了一些得銀不少，於是買下村後的山頭，以及山腳下靠河岸的那三千畝荒田，用極低的價格，連他們都料想不到地價那麼便宜，還能免稅三年，跟白送沒兩樣。

兩人向外雇工，用放火的方式圍燒土地上的雜草雜樹，燒成草木灰當肥料，種起溫顏帶回來的藥草種子。

一開始周遭幾個村子的村民都說小夫妻瘋了，要買田就買良田，好歹能種水稻和麥子，多少有些收成，一大片送人都不要的荒地買來做什麼，真是傻到無藥可救。

誰知不到一年，說兩人傻的村民被打臉了。

藥草分多年生，一年生、半年生，最少也有三個月長成的，三千畝土地分成多個區域，分別種植生長期不一的藥草，不到一年，三個月可採收的藥草已採過三回，半年生的也收成了一回，堆積如山的藥草看來十分可觀。

溫顏本身懂醫，因此將採收下來的藥草先炮製一番，提升藥性，再由風震惡拿著炮製的藥草直接去了府城，找上大盤藥商與之商談，將自家所產的藥草大量售出。

看到品質優於市面上的藥材，大盤藥商欣喜若狂，便簽下合約長期合作，藥商自個兒來拉貨，不用賣家送貨。

藥商也怕同行發現這批好貨和他搶，用厚利隱瞞下來不讓其他人知情，他好獨佔一本萬利的貨源。

因為價錢開得高，小夫妻也賺了不少銀子，兩人想盡點孝心，便在自家山頭較為平坦的半山腰蓋了能收數百名學生的書院，由溫醒懷擔任山長，另聘夫子數名教授君子六藝，取名為「懷德書院」，意為心懷天下，德治弗屆。

而原本相鄰的溫、風兩家則推倒重建，蓋成頗有綺麗江南風格的五進大院，宅子雖大，僕人不多，也就房門、馬夫、廚娘、打掃的丫頭和跑腿的小廝，不到十人。

不過長工倒是很多，足有百名，用來打理藥田，除草、施肥、採收、播種……藥田旁一排兩層高的高腳竹樓便是他們的住所，挑高的下方可擺放農具和其他雜物。

夜梓和司徒渡這一住不只一年半載，而是足足住了將近兩年，期間夜梓為了調派人手佈局而出村數回，不幸又遇到給了他一掌的高人，雖然傷得不重卻引起內傷復發，不得不加重藥量連泡三個月藥浴，一日不落空。

「等等、等等，先生，這一次不算，我沒看到這裡還有一子，我重新再下……」明明贏了呀！怎麼又輸了。

「起手無回大丈夫。」老是賴皮，悔棋無數。

輸不起的司徒渡理直氣壯的拿回已落子的黑子，「我不是大丈夫，寧為小男人，你家的上門女婿不是常說他是小人，娘子為大，頂天立地為紅顏，一怒髮衝冠。」

溫醒懷好笑的睨了他一眼，「那是小倆口的情趣，打情罵俏，女婿肯定又做了什麼惹惱我閨女，才自我貶抑哄人開心，好的不學偏學些壞的。還有，他不是上門女婿，只是孝順，不想我老了沒人奉養才住在一起，這孩子很有心……」

也是閨女福澤深厚，碰上個肯真心待她的男子，不然以她那爆脾氣，有幾人容忍得了，還不嚇得屁滾尿流的逃跑。

看到女兒女婿上一刻吵吵鬧鬧，下一刻又好得蜜裡調油似的，他心裡的重擔可以放下了，不用擔心他們夫妻失和，女兒被退貨。

另一個聲音從旁邊煙霧瀰漫處傳來，「我看是笑裡藏刀、內心奸詐，十足十的黑了心肝，若是有心為何不等上三年，非要在熱孝裡成親，溫大夫當時根本還是孩子，哪曉得什麼是夫妻，你們都被他騙了。」分明是披著人皮的狼，不安好心。

煙霧瀰漫處，是一口半人高架高的大木桶，底下隔著鐵片在燒火，使桶子裡的水不冷卻，一直維持在不燙傷人又蒸出一身汗的熱度。

原本淺褐色的藥湯在泡過一個時辰後，漸成深褐色，一個月前倒掉的藥湯是烏銅色，表示寒氣入身積成毒素，泡藥浴可以同時排毒和祛寒，雙管齊下。

泡在水裡的夜梓已由臉色發紫到面色紅潤，臉上、身上汗流不止，隨時要補充加鹽的白水，胸口血紅的手印淡得只剩下手形的輪廓，豔到快滴出來的血色已然消失。

對於夜梓的評論，溫醒懷溫和地說：「他一個人孤零零怪可憐的，反正我早拿他當兒子看……」打小看到大的孩子，品性能差到哪去，只要不像他娘那般涼薄，看重家世，他又何必為難他，讓他失望。

溫醒懷是個寵孩子的人，不只自家閨女寵上天了，其他孩子他也疼寵，在他眼中每個孩子都秉性善良，即便走錯路了也能導正回來，沒人天生是惡人，為非作歹不知錯。

風長寒臨死前託孤，把兒子交付給好友，認為責無旁貸的溫醒懷自是一肩擔起責任，風震惡不只是他的學生，還是女婿，讓他更是懷抱著十二萬分的愛心看待風震惡，在他看來，本身是個秀才，對閨女好、對他恭敬，實在沒什麼好挑剔。

人貴在知足，貪求太多反而失去更多，人心如初，戒急戒躁。

夜梓嘲諷，「博取同情的伎倆倒是用得精。」溫家人最大的弱點是心軟，很少揣測他人的用心，信則不疑。

盯著夜梓泡藥浴，隨時調整柴火的風震惡終於開腔，「你是嫉妒還是羨慕，挑撥我們翁婿之間的天倫之情真是可恥，你不能因為自己沒人要而將矛頭指向我，你這是恩將仇報的行為。」背後議人是非者便是下作。

正在陪溫醒懷下棋的司徒渡一聽「沒人要」，噗哧一聲笑了，在沒出事前，五皇子可是京城女子眼中的香餑餑，人人搶著要，一見到他便尖叫連連，扯袍子拉手想和他親近。

「咳咳！」笑什麼，小心將來娶到凶婆娘。

聽到殿下威脅的輕咳聲，笑得正樂的司徒渡頓時嗆到，他咳得更大聲，一張方正的臉都咳紅了。

「你欠我們家診金還沒還，請保重身子，萬一上氣不接下氣把自己憋死了，我們還得倒賠一副棺材。」他說錯什麼了，居然不給面子，咳得像不久於人世的肺癆病人。

「你是討債鬼。」兩個欠債的同時朝他一喊。

被說成討債鬼，風震惡不怒反笑，拱手向上一敬，「好說好說，你們再過幾天就要走了，這一年多吃我們、住我們、用我們的，以及藥費、治療金，自個兒算算該給多少，別說我坑你們的，親兄弟都得明算帳。」

何況他們不是親兄弟，只不過一時興起被發酒瘋的司徒渡拉著對月結拜，夜梓老大，風震惡成了二哥，司徒渡最小，滿像回事的磕了三個頭，醉得站都站不穩。

酒醒之後大家都不太樂意提起此事，有點心塞，怪只怪中秋十五的月太圓，溫顏釀的桃花酒太好喝，大家一喝就上癮，停不下來，原本是一杯一杯，後來換成一碗又一碗，最後整罈子抱起對飲乾杯……

「我爹很摳門，我的月銀還沒你家一畝藥田賣出的藥草銀子多，先欠著，等我繼承家業再還你。」他很窮的，堂堂武周侯世子沒銀子花。

「你在咒你爹早死？」不孝子。

司徒渡一怔，苦笑，他沒娘了，不能再失去爹，雖然他爹膽小怕事，遇事只會當縮頭烏龜，但有比沒有好。看看嘴臭的風震惡，費盡心機娶了個小娘子才有家，比上不足，比下有餘，他滿足了。

「我給你個官當。」夜梓霸氣的說，一旦他拿到那個位置，會需要很多有腦子的臣子。

縱使他很不願意承認，但是風震惡的確是聰明人之一，有勇有謀，進退有方，能屈能伸還善忍，他能堂堂正正以理服人，也能使出千般手段，達成目的，他是個能臣，也是個謀士，有他在一旁輔佐，何愁大業不成，他和溫顏都是紅塵奇人。

「不用，我可以自己考上去。」他相信他有能力往上爬，不用依靠他人的關係走後門。

夜梓並未向風震惡等人透露身分，只言遭仇人追殺，不過看他的姓氏和行事作風，他們早猜出他是誰，只是看破不說破，不揭開那張薄薄的窗紙，任由祕密永遠是祕密，誰也別去碰觸。

大事未底定前，任何風吹草動都有可能招來殺身之禍，凡事謹慎小心，不暴露自身實力。

「有志氣，不過到了京城，你若遇到事可以來找我，我好歹能幫你遮遮雨、擋擋風。」

時間一到，夜梓從浴桶裡起身。

因為都是男人，他也沒有什麼不好見人，光著身子讓人拭去一身的藥液，再套上內裡衣袍，穿戴整齊，他從暗衛中調人充當小廝，服侍他的生活起居。

「你完成佈置了嗎？」風震惡面色平靜的看著夜梓。

他目光一閃，笑得極冷，「怕被我拖累？」

「是很怕，我若去京城不會是一個人，萬一你尚未將那些人擺平了，我們去找你不是很危險。」倒楣的成為別人的箭靶，身穿百孔，欲哭無淚。

「放心，那邊的事情我處理的差不多了，父……父親的病好了，他的另一個兒子沒法再掌理府中大小事，他做過的某些事我父親非常不滿意。」若非皇后是他親娘，太子之位早就被擼了。

夜梓安排蟄伏京城的人手潛入宮中調查，假冒太監的小管子經過多方查探，才得知皇上中了千機毒，這種毒不會立即令人喪命，而是慢慢地失去神志，陷入昏迷。

知曉此事時，皇上已經中毒半年了，若是皇上一死，太子登基，加上皇后家族控制大半朝中大臣，想要有所作為的夜梓再無機會。

因此他將皇上的狀態告知醫術精湛的溫顏，向她求助，溫顏一想救治皇上對她有利無損，便找齊九十九種強身健體，解毒的藥材，翻出醫書上的藥方，花了七日熬製出兩粒雪白藥丸。

夜梓連夜派人送藥進宮，皇上服藥後不久便清醒了，只是之前的毒害太深，傷及五臟六腑，想要恢復原本的健康絕無可能，因此寒毒尚未完全清除的夜梓急著趕回京城，以免皇后再出招，他鞭長莫及被她得逞了。

「世事無絕對，不怕一萬、只怕萬一，別以為天衣無縫便可萬無一失，小心陰溝裡翻船。」皇家的陰私多不可數，骯髒齷齪，什麼下流事都做得出來。

夜梓冷視，「狗嘴吐不出象牙。」沒一句好話。

風震惡對他的惡言滿不在乎，還有心情說笑，「狗嘴能吞出象牙就值錢了，我圍個場子讓人付費入場觀賞，狗吐象牙是奇景，神犬呀！吐出的象牙也能賣銀子，一舉兩得。」他還巴不得養隻能吐象牙的狗，人不出出門日進斗金了。

「俗人。」滿口的銅臭。

「你不俗別吃飯，餐風飲露當神仙。」活在世間誰不俗，開門七件事，柴、米、油、鹽、醬、醋、茶。

「你……」他真想一拳打歪風震惡的鼻梁，用鼻孔睨人太囂張了。他不信狡猾如狼的風震惡不知他真實身分，卻屢屢出言不馴，挑戰皇族權威。

溫懷德頭疼地一揉額側，「好了、好了，別鬥嘴了，你們兩人天生犯沖嗎？怎麼每回一見面就像仇人一樣，不咬對方一口就覺得被虧欠了。」兩個人都很優秀，容貌出眾，卻是水火不容。

「先生，狗才互咬。」看戲的司徒渡不忘添把火。

「閉嘴。」

「你才是狗。」

夜梓和風震惡兩人臉色不快的發出吼聲。

三天後，村口送別。

「夫子，我們會想你的。」

「夫子，你要回來看我們。」

「夫子，別忘我們種的樹。」

「夫子，你的痔瘡好了嗎？」

「噗哧……」

「以工抵帳」的夜梓當過一段時日的夫子，因此孩子們知道他要走了，便向師長請假，送他一程。

原本是很感人的送別，偏偏其中一個哭得大聲的孩子忽然冒出一句叫人哭笑不得的話，夜梓真不知該怎麼答，一時之間，噗哧的笑聲此起彼落，沖散了不捨的心情，哭臉變笑臉，互相你推我、我推你的打趣。

鬧了一會兒，孩子們回書院上課了。

「有人來接你們了，還不快走。」

在這撥送行的人當中，風震惡是唯一開心的，他最希望夜梓等人離開，省得他提心吊膽，防著大尾巴狼偷雞。

村口外一里處有座不高的小山丘，山丘旁邊種了三棵楊柳樹，楊柳樹下約有二十幾名勁裝男子，有人騎馬、有人站在馬旁，似在等待他們的主子。

夜梓淡淡地說：「不用你趕，我會走，不過我要和『弟妹』說兩句話。」所有的人當中他只捨不得她，她讓他感覺到人生很充實。

風震惡往他面前一站，伸手往他胸口一擋，「既然是弟妹就不用多講，我的小娘子不容你覬覦。」

「你配不上他。」她值得更好的，夜梓私心的認為。

「我是她最好的選擇。」沒有誰配不上誰，他們之間是誰也介入不了的兩心相守，她要的，他給得起。

「子非魚，安知魚之樂。」人，都得往高處走，越走越高才是正理，他身邊的女人都想要尊貴榮耀，萬人之上的地位。

風震惡卻絲毫沒有動搖，認真地跟他說：「就算你擁有天下，對她而言還是太小了，因為她只能待在四方牆裡，像飛不出去的鳥兒一樣被囚禁。」天底下最殘忍的地方莫過於皇帝的後宮，為了得到同一個男人而爭得妳死我活。

夜梓默然，無法反駁，他的確給不了溫顏最想要的東西，而她也不要他能給的。

面對外貌嬌豔且能力超凡的溫顏，是男人誰能不動心？可是在江山和美人之間，他只能選擇前者，因為為了九五之尊的位置，已有太多人為他犧牲了，他必須為他們負責，擔起上位者的責任。

「走吧！別讓人等你太久。」風震惡這話有雙重意義，從夜梓被逼退出京城至今，有一些人日夜期盼他早日回歸。

「嗯！千山萬水，等你。」總會再見。

「不必。」後會無期。

夜梓忽地笑出聲，似是想到什麼而發笑。

「喏，這個給你們。」溫顏拿出兩只巴掌大的紅木匣子。

「這是什麼？」司徒渡好奇的搖了一下。

「別搖，裡面是藥，有止血的、解毒藥、被蚊蟲叮咬或是腹瀉，我在每個瓷瓶上都貼著小紙條，一看便知用法，另外紅色瓷瓶中只有一顆，救急用的，真的到生死關頭再用。」能救命的，她偷偷用掉人形果煉製的，一共有九顆。

「哇！仙姑呀！謝謝妳，我正想討些靈丹妙藥卻不好開口。」司徒渡歡喜壞了，如獲至寶的抱緊。

「謝謝。」夜梓暗喜在心卻言簡意賅。

「省著點用，你們仇家太多了，我不是每一次都能及時救下你們。」總是相識一場，不想他們死於非命。

「溫顏，妳要不要跟著我們走。」沒能忍住的夜梓開口一問。

「你很想死嗎？」臉色一沉的風震惡將溫顏拉開，自個兒往前一站，怒視說話不得體的混帳。

夜梓一笑，衝著他搖頭，「看在溫顏送藥的情義上，告訴你一件事，依照朝廷的科舉制度，為雙親守孝只須二十七個月便算出孝，不用守孝三年。」

聞言，他黑瞳微瞇，「你是說我能參加今年的秋闈，中舉後便可以考明年的春闈？」

換言之，他不用多等一年。

「所以說，風震惡，咱們京城見。」他笑著揮手，大步走向等候他的人，一人牽馬往他靠近。

「鬼才見他。」多大的臉呀！

楊柳樹下的人全上了馬，夜梓回頭看了一眼，隨即破空一揮鞭，率先縱馬先行，司徒渡尾隨其後，其他人也策馬跟上。

馬蹄踏地黃沙飛，煙囂塵土漫人眼。

「終於走了。」溫顏輕笑的摟住夫婿臂彎，有外人在，做什麼事都不方便，兩人許久沒親暱，她也憋悶了許久。

「是呀，走了，真不容易，每次看他色迷迷瞧妳的模樣我都想挖出他的眼珠子。」風震惡的話語酸溜溜。

她一聽，大笑，「窈窕淑女、君子好逑，你要對我再好一點，不然我有可能變心，移情別戀。」

「我對妳好，妳是我的，我今生今世只對妳一個人好。」他伸出雙手環抱她，以鼻輕蹭她頭頂。

「我記住了，如果你敢負我，小心我活切你，讓你清醒的看見我剖開你的胸口，取出還在跳動的心。」君若無情我便休，無心之人何需心，她臨別贈禮，取心。

聽著血腥話，他一點兒都沒害怕，他不會給她這個機會。

他低聲問：「我們什麼時候再去亡魂谷，上回好多藥草沒來得及採。」

「不去了，你也別再想，我把滑翔翼毀了，誰也去不了。」想起上次，她心有餘悸，語氣強硬的回答他，她不能容忍他在她面前出事。

「娘子……」風震惡急了，想說服她改變心意。

亡魂谷是去不了，但是溫顏將大部分可以人工培育的藥草種子摘回來了，三千畝田一開墾便可種植，雖然年分不如亡魂谷的母株，但是用心培植仍有藥性。

她深知懷璧其罪的道理，這兩年賣掉的人蔘、靈芝和其他傳說中的藥材已引起若干人士的注意，為了自保，不能再有過大的動作，以免讓人知曉自家收藏的年分長的靈芝和人蔘比出手的還多。

人都是貪婪的，別人有，我也要有，別人沒有的，我一樣要有，因此她不想鋒芒畢露，免得自取滅亡。

風震惡說了幾回再去亡魂谷她仍不為所動，索性也不提了，專心準備秋闈，想一舉拿下舉人功名，不用再等一科。

而努力是有回報，他這些年都沒忘記讀書，備考期間更是努力，在他終日手不釋卷的勤勉下，不但中舉了，還是解元，把天坳村的村民樂壞了，村裡終於有人成器，中了舉人後便期盼著他中狀元，為村子爭光。

懷德書院也因此聲名鵲起，大家都想，解元是溫山長親自教出來的，表示他的學識不在話下，今日能教出一位解元，明日不能有第二個嗎？

因此十里八鄉望子成龍的爹娘紛紛將孩子往懷德書院送，原本一百五十名學生的書院爆增兩倍人數，學舍不夠用，遠道而來的學生也沒宿舍可住，最後只好再蓋新校舍，聘請更多學有專長的夫子，維持君子六藝皆重視的校風。

新校舍蓋好時，春闈也即將到來，身為山長的溫醒懷走不開，只好由溫顏陪同上京赴考，只是兩人都不習慣有人跟在身邊，因此丫頭、小廝都不帶，就只帶車夫，小倆口樂得獨處，沒有長輩管著。

「還有幾天到京城？」整天待在馬車裡哪裡去不了，悶都快悶出病了，她覺得渾身發癢，快長出蘑菇了。

擅長機關術的溫顏早把馬車做了一番大改造，旁人看來不過是樸實的青帷馬車，沒什麼好側目，也不會想多看一眼，可是真的坐到裡面才知道什麼叫極致的享受，不僅加裝彈簧減震，也結合另一個時空的科學原理，設計了暖氣，待在車內不需要用手爐。

從平陽縣出發到京城是初春，天氣依然有些冷，溫顏才特意在馬車內加裝暖氣系統，只是她畢竟不是專業人士，製作出來的暖氣系統在控制上有些不順暢，有時會忽冷忽熱，發出奇怪的噪音。

「三日。」主要是走得慢，一見到好玩的她便要下車看看，玩上一會兒方肯上車。

「還要三天呀！」她痛苦地呻吟一聲，頭朝下趴著就不起來，像隻頑皮的小狐狸滾動兩圈自娛，馬車車壁一拉下便是臥鋪，所以溫顏怎麼滾都無妨，她還特意叫人做成榻榻米，冬暖夏涼。

風震惡好笑的捏捏她鼻頭，「妳要是從現在起不鬧著下車玩，我叫鐵頭讓紅雪跑快些，一天半左右就能到了。」

西域名駒成了拉車的駿馬，相信紅雪也要哭吧！

「算了、算了，別貪快，還是邊走邊看吧！反正我們不急。」他們提早出發，就為了看一路風景。

「要不妳先睡一下，等妳睡醒了也到了下個鄉鎮。」剛好去逛逛，吃點東西，買她喜歡的小首飾。

她苦著臉，杏眸黯淡，「睡不著，外面太亮。」

白晝睡覺太墮落了，且這會兒睡飽了，夜裡睜著眼更慘，獨自無眠。

「天黑了，睡吧！」

一隻大掌覆住她的眼，讓她看不見車窗外射入的光。

「自欺欺人。」她輕笑。

「又何妨，咱們只是小老百姓，又不想做什麼驚天動地的大事，自是怎麼舒服怎麼來，沒必要委屈自己。」他手掌挪動，揉著她的髮，感受勾在指間的柔軟，淡淡髮香似春天的水氣，清雅幽淡。

「阿惡，你對我真好。」如果能一直繼續下去，她的到來就沒有遺憾了。

前一世身為國際殺手的溫顏其實很沒有安全感，她不太容易信任人，即使心裡住進一個小竹馬，她還常想著一句話——人心易變，因而患得患失。

「又說傻話，我心裡只有妳一人，不對妳好又要對誰好，娘子不能見異思遷，見到野男人就拋棄我。」他故意逗她，一隻手往她婀娜的小蠻腰摸去，意圖分明。

「不行，你要趕考，不能在這關頭胡鬧。」她一把抓住他的手。

她去年五月及笄，但她覺得十五歲實在太小了，在她那年代還是中學生，依然沒跟風震惡圓房。

能拖就拖是溫顏的想法，最好拖到十八歲以後，這具身體成熟了，不過她感覺是不可能的事，打從他倆成親，睡在同一張床後，他的手就越來越不規矩了，不時的摸摸揉揉，抱著她的後腰蹭呀蹭，蹭得她身子都熱起來。

「就摸一下，保證不亂來。」她腰好細，大腿好軟，沒抹香脂的玉頸聞起來比抹了香脂還香。

他的保證根本是紙上畫，沒一個是真。

溫顏瞪他，「不許摸，我們在馬車內，被人聽見了還要不要做人。」

「小聲點不就得了，娶妻兩年餘，如今還是童子身，還不憋死我。」嬌妻日日睡在他身邊卻吃不得，他的煎熬有誰知。

溫顏捂嘴低笑，「誰叫你答應我爹不圓房，君子要言而有信，不然我爹打死你，追著你滿山跑。」

「我後悔了。」他寧可挨頓打，也不願有花不折空嘆息……一把心酸淚吶。

「後悔已經來不及了，再忍忍，左右不過幾個月的光景，等你考完回了家，咱們再談這件事，你會撐過去的。」她笑著安慰他。

「娘子好狠心……」

「啊！」他捉起她的手往胯下放，昂然的巨物讓她不自覺驚呼一聲。

「姑爺，姑娘，怎麼了？」

聽見車夫鐵頭的詢問，溫顏更加羞惱了，扒開風震惡的手，氣惱的把他推開，起身坐到車窗邊，把車窗簾子撩開一半，看著窗外景象，就是不看他。

「原來已經入鎮了。」難怪車水馬龍聲漸大，她都開到燒餅的味道……溫顏吸吸鼻子，感覺香味飄過來。

「餓了？」瞧她那饞相，像村長的孫子。

她重重的點頭，一副沒吃到天就要塌了的樣子。

「鐵頭，先把馬車停下，你找個陰涼的地方等我們，等我餵飽你家姑娘再去找你。」

唉！自己沒吃著肉反而要荷包大失血，罷了，這就是為夫之道、為夫之道，唯妻命是從。

「是的，姑爺。」鐵頭將馬車在路邊，讓主子下車。

兩家併一家後，門口的匾額掛著「溫宅」，下人們喊溫醒懷老爺，風震惡總不好再叫老爺，而因他常說自己是倒插門的，下人們索性改口喚他姑爺，他自個兒也樂意得很，以溫家姑爺自居。

車一停，先行下車的風震惡側過身扶娘子，兩人還裝模作樣的禮讓一番，做出賢夫良妻樣子，可是太過虛假了，各自打了哆嗦，乾脆不玩了，手拉手往燒餅攤子走去。

「老闆，兩個燒餅。」溫顏道。

「好咧！兩個燒餅，太太要芝麻餡的，還是花生餡？」

「燒餅還有包餡？」夾油條最對味。

「是的，本攤子才有。」小販自豪，他就是憑這個有不少回頭客。

「那給我紅豆餡的。」軟糯甜細。

小販動作一頓，乾笑道：「沒紅豆餡的，紅豆比較貴。」

「換夾肉的，我喜歡牛肉，羊肉也行。」她不挑。

小販直接苦笑了，「肉太貴，買不起。」

「你賣燒餅把夾餡當噱頭，結果什麼餡都沒有，那我吃什麼……算了、算了，我買燒餅不要餡，兩個。」溫顏比出兩根手指頭，蔥白纖指柔膩圓潤，宛如美玉雕就。

「可……我的燒餅的特色就是有餡，沒有不包餡的……」小販急了，冷汗直流。

「你不會把餡挖出來嗎？這麼直性子怎麼跟人做生意。」

她說完，自個兒挑了兩個燒餅就走，身後的風震惡問了價錢，付錢之後追上去，一個吃燒餅皮，一個吃芝麻內餡，三、兩口也解決了。

「娘子，糖炒栗子，妳不是最愛吃，給妳買一包放在車上吃……還有糖蒸酥酪、焦捲糖包、元寶糕，都來一份？」

風震惡不怕她吃不完，就怕吃不夠，寵妻不手軟。

「好了、好了，買太多了，你真把我當豬了……」嘴裡說著埋怨話，她心裡的甜蜜卻快滿出來，不住的笑。

「我家娘子貌美如花，宛如天仙下凡，吃再多也不會胖，就算變成豬了，也是世上最風情萬種的豬。」情話不用錢，他拚命灑，手上拿了一堆吃食仍用身子護住娘子，不讓來往路人碰撞上她，十足的疼老婆。

她輕笑，吃著油炸果子，「貧嘴，好聽話說了一堆，也不怕人笑話了。」

「在我眼中妳最美，沒人及得上，不說實話難不成要說假話，心意若不說出口，妳又哪知我情比海深，縱使滄海桑田，我對妳的心意也永不枯萎，妳就是我的心肝。」他趁機往她唇上一咬，搶她嘴邊的油炸果子。

臉一紅的溫顏輕推了他一下，「別鬧了，在街上……」

「小心！」忽地一柄斷劍飛過來，神情一變的風震惡眼明手快的丟掉吃食，將妻子往懷中一拉，閃身避開，鋒利的斷劍從他面頰擦過，一撮黑髮被削斷，被風吹走。

四周的路人見狀紛紛避讓，就露出了拿著兵器的一群外族打扮的人。

風震惡眼神冷冽，「誰家這麼不道德，斷劍亂扔，要是傷到人賠得起嗎？我家娘子是鑲玉嵌金，一根寒毛都不能碰。」

那些外族人對風震惡的話不以為然，不過一個書生也敢大放厥詞，當下有一人手持彎刀，攻向風震惡，想給他一點顏色瞧瞧。

他們可沒時間跟這小子糾纏，還要揪出那個女人殺了呢！

然而風震惡不閃不避，用食指中指夾住彎刀，輕輕一扳，斷成三截，只剩刀柄，讓人為之驚愕，對方正目瞪口呆，又被風震惡一掌打退。

「你……你敢管塔塔族的閒事！」一名身著外族服飾的粗壯男子口音怪異，手指指人。

「路見不平有人踩，我最見不得有人指著我夫婿。」溫顏話一落，一道銀光閃過，一截血指頭掉落地上，她笑著收起鑲了寶石的匕首，從別人手裡坑來的就是削鐵如泥。

溫顏身法極快，竟是一瞬間就飛掠逼近切了對方手指，又退回風震惡身側，若非她把匕首收起，還以為她未曾移動過。

即傷。

「你們敢和我們作對，找死！」一把大錘往兩人襲來，威力凶猛而淩厲，被擊中者非死

風震惡目光一厲，以掌做劍，使出天山絕學——先天劍訣第七式橫掃千軍，一個個壯碩如牛的異族人如草葉般飛起，摔到圍觀眾人的腳前，滾球似的滾成一堆。

他們依然不甘，想要反擊，可是一時之間竟然爬不起身，而就在這時，巡邏的兵丁被人找來了，呼喝著要來抓人。

風震惡和溫顏眼尖，早就發現了兵丁前來，兩人並不想浪費時間，趁隙離開了，可是萬萬沒想到，有人一直留心著他們的動作。

他們才轉進一條小巷，一名血人似的女子就衝了過來……

第九章　天降麻煩事

溫顏撩著車窗簾子，看著外頭熱鬧的街景，感嘆了聲，「終於到了。」

京城，我們來了。

風震惡也看著車外景象，眼神深深，「是到了，和我小時候一樣繁華，只是身分不同，過去認識的人如在雲端，高不可攀。」物換星移，物是人非。

溫顏伸手握住他大手，「你要回去看看嗎？」

他嘴角一勾，面露苦澀，「還回得去嗎？只怕尚未跨過門檻就被人轟出來，自取其辱。」

「那就別去了，你不是讓人在京城買了宅子嗎？咱們直接讓馬車往宅子去。」

進京應試的學子多如牛毛，舉目可見，唯恐到了京城無處落腳，風震惡未雨綢繆委託先行入京的同窗代為買下一處宅子，等他應考時便有地方安置。

再者，客棧人來人往，魚龍混雜，住在自己的宅子，也免得溫顏被人衝撞，被人欺負……呃，反過來欺負人。

他說錯了，溫顏之悍前無古人，後無來者，準把一干勳貴、世家子弟打得哭爹喊娘，屁滾尿流，她脾氣真的很不好。

「嗯，在桐花胡同，往西大街方向，再走一炷香就到了。」他一頓，看向馬車的一角。

「她呢？」

不是他心如鐵石，天良盡喪，而是他一向不喜與娘子的兩人世界多出一個人，好不容易將一名賊心不死的傢伙踢走，才過了幾天快活日子，別又來個不識相的，妨礙他勾引娘子的大計。

「姑娘，進京了，妳要去哪？」溫顏問著馬車一角縮成一團的茜色人影，心裡暗自嘆息不該多管閒事。

三日前，他們路過一座小鎮，被一群異族人攔下，他們本無意救人，只想教訓敢在他們面前張狂的他們，三兩下就讓人的牙全沒，留下黑黝黝的牙洞，誰知才離開現場，這個全身是血的姑娘跌跌撞撞地朝他們走來，隨即雙膝落地叩謝救命之恩，而後懇請他們送她一程，順路。

當時她心裡就想，哪兒順路了，一點也不順，他們的馬車又不載人送貨，憑什麼送她，也未免太自以為是了。

誰知這女子一說完便暈倒在地，身上的傷口不斷流出鮮血，路人指指點點好像是他們傷的，害得她跟阿惡不得不硬著頭皮救人，將人搬上馬車做一番診治，總不能真讓她流血過多死在馬車上。

而這女人一暈就暈了兩天，昨日晌午才清醒，喝了稀粥上了藥，傷勢看來好多了，人也恢復元氣。

「我……我無處可去，這裡的人我都不認識。」女子囁嚅的說著，微帶哽咽和強忍的泣聲，丫鬟胭脂為了保護她這個主子死了，縱使胭脂會武，也抵不過圍殺，剩下她一人孤零零的。

「妳不是說上京找人？」風震惡不耐煩的瞪人。

近朱者赤、近墨者黑，他本來不擅言語，有些木頭，但在溫顏年復一年的調教下，不只多了腹黑和毒舌，連脾氣也見長，除了自家娘子和岳父外，誰也不能得他好言好語的對待。

「我……我是上京找人，但我不知道他住哪裡……」

「姑娘，我們已經仁至義盡了，妳也知道妳本身就是個大麻煩，而我們不過是進京趕考而已，沒本事護住妳，京裡隨便一個走在路上的人都有可能是個官兒，我們招惹不起。」溫顏委婉的說出自家的不便，請她諒解。

女子低下頭，面色黯然，「我曉得。」

早在母妃被殺時她就該覺悟，一直自以為是天之驕女，可以任意蠻橫，跋扈無禮，誰知是一場騙局。

溫顏把一個小包袱遞給她，「我這兒有二十兩銀子妳先拿去用，雖然不多也湊和著，找間小客棧住下也能用上半個月，還有我給妳準備的藥，紅的內服，藍得外敷，照我說的話去做很快就能好。」救了她就不想她死，當是積功德吧！

「謝謝，我……我不會連累你們的。」收下銀子，她表情發苦的打算下車，但到了車門邊又回頭，「我叫段輕煙，救命之恩定當回報，這個玉佩是我的隨身物，給妳了。」

莫名被塞了一塊鳳凰圖紋的水青玉佩，溫顏錯愕的看向跳下車的女子，她步履蹣跚卻走得飛快，一下子就不見人影，溫顏想把玉佩還人的機會也沒有，望著人來人往興嘆。

「玉佩看起來很值錢。」足以抵診費。

「你又想換銀子了？」掉入錢眼了。

風震惡笑著摟住娘子玉肩，在她唇上一啄，「非也、非也，這不能賣。」

「不能賣？」難道是假玉？

看出她眼底的疑惑，他又笑了，「看到玉佩上頭的鳳凰沒？這是皇室佩飾，只有皇室中人才可以配戴，一般百姓若用了便是逾制，輕者抄家，重者滿門抄斬。」

「這麼嚴重？」不過是個圖紋罷了。

「皇家人向來高高在上，不容冒犯。」所以他才非常討厭眼睛長在頭頂上的夜梓，太孤高冷傲了，自以為天下第一人，適合孤家寡人，沒兄沒弟，沒骨肉親情。

「你怎麼看出她和皇家人有關？」她頂多從舉止言談中感受到出身不凡的家世，非富即貴。

眼神一暗的風震惡語帶嘲諷地說：「我祖父是文昌伯。」

她一怔，「是公、侯、伯、子、男的伯爵嗎？令祖有爵位在身，你是勳貴之後……」

這……太荒謬了，堂堂文昌伯竟將嫡子逐出家門，那他是想把偌大家業交給庶子嗎？這不合情理。

莫怪風孀子生前千方百計要回府，想盡辦法也要公爹認同阿惡，將他接回伯府悉照料，日後好繼承爵位和家產，讓她享榮華富貴。

「勳貴之後又如何，還不是如喪家之犬，灰頭土臉地被放逐。」祖父的狠心無可寬宥，他爹娘兩條命就毀在祖父的冷漠無情，以妾為妻混亂尊卑，逐嫡立庶無視禮法。

「阿惡，別難過，我們會過得比他們更好，讓他們上門來求我們。」憑他倆的聰明勁，這世上還有什麼做不到。

一個狡猾似狐，一個陰險如虎，兩人狼狽為奸……呃！夫妻同心，小小的文昌伯府算什麼，他們連夜梓都敢敲詐。

五皇子回京後，除了穩固自身的地位外，還不忘給「恩人」送診金，順便定下軍中用藥，他接掌了虎賁營，掌軍十萬，負責京城的防衛和九門兵士的調動。

因為藥好，所以溫顏敢開高價，比市面的傷藥價高兩成，夜梓面不改色的付錢，還要求有多少要多少，不許賣給他人。

「嗯！我信妳。」她向來說到做到，比他這個大男人還霸氣，有妻如她是他幸，當珍之、惜之，視若珍寶。

「是信你自己，未來的狀元公，等你功成名就之日就跨馬遊街，胸前掛朵大紅花，招搖過市的打馬從伯府大門經過，咱們朝門口扔鞋，表示不屑。」羞辱他人，人必自辱，而後人辱。

聽到她憤憤不平地描述，忍俊不禁的風震惡一臉笑。「對，用鞋子扔，將他們踩在腳下，敢栽贓我爹，欺負我娘，還說我野種，我就讓他們看看野草也能蔓延成災，讓他們無處容身。」

該他的，誰也拿不走。

欠他的，終究得還。

「喏！心情是不是好多了，瞧你一進京就情緒低落得有如泡在冷水裡，冷冰冰的不發一言，兩眼無神的望著車窗外，我都想潑黑狗血替你收魂。」溫顏說到最後嗔怪了聲，看得她心裡急，想打開他心裡的結。

「娘子，妳是我的燈。」沒有她，他會迷失茫茫人海中，她是救命繩索，時時縛在他身上拉住他。

「少油嘴滑舌了，趕緊回家，這幾日因擔心那姑娘被人發現而牽連上我們，我不敢睡得太沉，這會兒有點睏了，想找張大床好好睡一覺。」身子太緊繃，僵硬如石。

「好，我陪妳睡。」他興致勃勃，迫不及待的「睡一覺」，同床共枕，妙不可言。

溫顏睨了他一眼，「你睡你的、我睡我的，如果敢吵得我睡不好，家法處置。」跪搓衣板。

他頓時小男人似的裝委屈，「就抱著妳睡，絕對不會動手動腳，君子重諾，豈可失信於娘子。」

「要是睡著睡著就發春呢！」他常幹這種事，非要她用手幫他才能消停。

風震惡就是無賴地抱著娘子狂吻，「我也沒辦法，控制不了，娘子太誘人，為夫做不了柳下惠。」

他打小就喜歡她，對她情有獨鍾，好不容易定了親、娶過門，他還能無動於衷嗎？沒馬上化身餓狼撲過去已經很克制了，他對她的渴望如野火燎原，眼看著就要一發不可收拾。

「盡找藉口。」一面紅耳赤的溫顏推不開他，只好順從的依偎寬厚胸膛，彎彎的菱嘴微微一揚。

少了段輕煙這個隱患，眼皮沉重的溫顏漸漸闔上眼，耳朵聽著丈夫規律的心跳聲，她睡著也在笑。

等溫顏一覺睡醒時，發覺自己躺在黃花梨木雕花海棠架子床上，床頭邊有座半人高的漆紅多寶櫃，一面鑲著西洋鏡子的梳妝台擺放在窗邊，窗外有棵樹，才發出嫩芽。

咦！她睡了一天嗎？看這天色要近午了，日頭高掛，而他們是申時一刻進城，顯然是昨天的事。

唉，她可真能睡，幸好上頭無公婆，不然真成了懶媳婦。

溫顏看著外頭高掛天空的日頭，暗暗有些愧意，身為人家的妻子她太頽廢了，根本是個欺壓丈夫的惡婆娘。

她攏了攏髮絲掀被下床，腳一落地，忽然覺得被子的花色很眼熟，這不是放在馬車上的那一條嗎？新宅子沒被褥不成……

這還真被料到了，男人辦事真有些粗心大意，當初風震惡讓人買宅子時只說了一句最好附家什，太舊的不要，死過人的也不要，半新不舊可，舊的東西質料若是不差也可留，其他衣物類、舊簾子、桌巾什麼的全都扔。

那位同窗性子很直，以為只要家什，別人用過的舊物全都不要，因此老翰林告老還鄉留下的枕頭、棉被、床帷、布幔等一律送往慈幼院，就留下什麼都缺的空宅子，等新主人重新佈置。

這是一處非常清幽的江南林園式三進院，一進院是門房、下人房和招待客人的會客廳，以及煮點小食的茶水居。

二進院是正堂、書房、男主人寢室，東邊三間廂房可做客房，右邊兩暗一明是近侍侍候主人時所用。

最後的三進院是後院，也是佔地最大的院子，除了女眷的繡樓、閨閣外，還有一座花園和人工挖掘的小湖，面積不大卻可行舟，湖中養了魚、種了荷花，岸邊植柳三、五株。

不過風震惡看了不滿意，他覺得夫妻分房睡不合理，因此打算春闈後再大肆改建，小湖要再挖寬、挖深些，湖中央弄座小島，小島上植花種樹，蓋間冬暖夏涼的木屋，搭座活動式橋梁，平日不用時可收起，需要的時候再放下。

當然，改建的大方向還是要由娘子決定，她滿意才是最重要，畢竟銀子在她手上，她要不同意也蓋不成。

「你這屋子是怎麼一回事，為何什麼東西也沒有。」要不是打掃得很乾淨，都要以為是鬼屋了。

面有怒色的溫顏在書房中找到風震惡，他正彎著腰搬書，將箱籠內的書冊全放上書櫃，他已完成了三排。

「娘子，妳來得正好，我剛想和妳提這件事，一早我把宅子的裡裡外外都看了一遍，缺了不少擺件和日常用品，一會兒我們去飯館用個膳，以後把缺的物件買齊。」真的缺太多，連他看了都深覺不可思議，他們是要住下來，不是買了再轉手好賺一筆。

「你不是說交給你沒問題，我只管享少奶奶的福，你會把一切都打點好。」溫顏頭一次這麼生氣，火都冒到頭頂了，覺得男人的話不可聽信，他們只會把事情越搞越糟。

一睜開眼，感覺還不錯，天氣晴朗、風光明媚，鳥兒在枝頭互啄羽毛，真是人生一大樂事，可是一看到蓋了好些天都有些霉味的被子，心口就不對勁了。

想喝水，沒水也就算了，連壺、茶杯也不見了，淨面用的架子、盆子、布巾有原物的印痕在，實物一樣俱無。

她想應該沒下人燒水，凡事得親力親為，就到了廚房想升火煮茶，但是到了一看，她整個人震驚不已，這是遭賊了嗎？灶口的兩口大鐵鍋被人撬走了，別說一根柴，所有的鍋碗瓢盆、筷子和罐子也不翼而飛，別提油鹽等調料。

搬家搬得這麼徹底還真少見，怎麼不連磚瓦一起拆了，要是成了一片空地倒好些，原地重建自己想要的宅子，也省得被這亂七八糟的作法氣個半死，花了銀子找罪受。

「別氣、別氣，氣壞了身子我心疼，其實仔細一聽也不算太差，我們倆都是有主見的人，不喜歡太陳腐，太過流俗的物件，整個宅子都搬光了才好放妳我喜愛之物，不用頭疼厭惡之物往哪擱。」他說得頭頭是道。

溫顏想了想，氣消了一半，卻還是噘嘴道：「又得花銀子了。」

「反正妳不是還想買鋪子做生意嗎？這兩天我先陪妳逛逛京城，買齊了我們缺的，順便看看哪裡有合適的鋪子，若妳瞧價錢可行就買下來，娘子做主，我給妳當跑腿的。」他謙卑再謙卑，哄娘子展歡顏。

「你不用看書了？」他是來考試的，而非遊手好閒。

風震惡自信一笑，「只要根基紮得深，不用臨時抱佛腳，也就幾日光景，影響不大。」

「好吧！那就從最基本的棉被和米糧買起，魚、肉、菜蔬和碗筷……對了，兩口大鐵鍋和一口小鍋，我得列張單子，不然哪記得住……」

到京城頭幾天，風震惡兩口子沒有急著去貢院看考場，而是坐著馬車大採購，東市買布料、西市買糧食、南市打鐵鋪、北市人牙子，總之忙得不可開交，幾乎足不沾地。

等到佈置得差不多了，人也累垮了，一動也不肯動，一張羅漢榻兩邊躺人，一個面向上躺成麵條狀，一個四肢大張，趴得像隻青蛙，沒人開口說一句話，因為累到沒力氣。

「誰做飯？」她已經動不了。

「……郭家的。」應該姓郭。

「郭家的？」她想了好久才想起是剛買的下人。

兩戶人家共十名下人，實在多了。

原本他們想買的是壯勞力，好在家裡做事，原先看上姓郭的一家人，父母都很年輕，不到四十，三子一女分別是十八、十六、十二、十歲，六個人五十兩很便宜，男的當管家，女的管廚房，老大幹粗活，老二是小廝，小兒子當跑腿，十二歲的女兒清洗、打掃。

誰知另一戶姓趙，父親病了，母親體弱，一兒一女骨瘦如柴，一副快駕鶴西歸的樣子，人牙子不想虧本，十兩銀子當添頭隨便賣，風震惡二話不說就要了，還討價還價降到八兩。反正家裡什麼都不多，藥草最多，娘子懂醫術，還養不回來嗎？頂多花幾天功夫多搭建幾間下人房安頓人手，沒損失什麼，還有賺到的感覺。

「我吃不下。」沒胃口。

風震惡不同意，柔聲勸說：「回來時我就吩咐下去了，煮點粥，加些火腿，妳喝點墊墊胃。」

溫顏有氣無力的點頭，她沒想過逛街購物比練功累，她在林子裡跳來跳去也就流了一身汗，泡泡熱水梳洗一番全身舒暢，可走了一天只是買買買，竟然腳痠手麻，渾身痠痛，沒一處不疼軟得想造反，一動就疼到骨頭裡了。

其實泡個熱水澡再用銀針疏理筋脈，疼痛很快就舒緩了，可是她累到只想躺平，不肯移動，只好繼續受罪，等待從頭到腳的疼早日過去。

「姑爺、姑娘，粥已經煮好了……」剛來的郭家的還有點不適應，戰戰兢兢囁嚅道，她不懂家裡的規矩，也不知道家中成員有哪些人，故而跟著鐵頭喊，而兩位主子也沒糾正。

「放著就好，一會兒我們就用。」風震惡較重體面，他坐得端正，才讓下人進屋。

「是。」郭家的把粥放在桌上，腳步放輕倒著出屋，沒驚動快要睡著的女主人。

「娘子、娘子，起來喝粥，喝完再睡。」空腹不行，傷身，她最禁不起餓了。

「我想睡……睡覺……」好累、好睏，她果然不是逛街的命，要是有網購就好了，上網訂貨不用出門。

「乖，先不睡，張口，我餵妳。」看她眼皮子又往下垂，好笑又無奈的風震惡將人抱坐懷中，一口一口餵。

「鹹粥……」還不錯，吞得下去。

「嗯！這火腿醃製了三年，是妳最愛的口味，微鹹帶點煙燻味，煮在粥裡就化開，火腿味濃郁。」因為她喜歡那味兒，他才特意叫下人煮一鍋，她一次能吃兩碗。

「這味道真香，我醒了……咦！什麼聲音？」溫顏才說清醒了，耳中忽然聽見腳步踩過瓦片的聲響。

「上面有人。」風震惡指指屋頂。

她抬頭一看，驀地，一個人從上頭掉下來，見天了，屋頂破了個大洞。

「還想跑——」

接著，又有一青一黑兩個人影從破洞跳下來，舉劍向著先前掉落的……女子？

她沉著臉道：「請問你們在幹什麼？」拆房子嗎？

「溫顏！」

「怎麼是妳？」

追著女子的兩名男子聽到頗為熟悉的聲音，不約而同的回頭一看，隨即面露訝異，無比驚奇。

「你們兩個是什麼意思，我們不能來嗎？什麼時候禁止市井小民進出京城了，不要一副見到鬼的模樣，真難看。」真是天降橫禍，老天不開眼，冤家路窄……

夜梓深深看著溫顏，「你們？」聽起來真刺耳，彷彿劃清了界線。

風震惡自然注意到他的目光，當下很故意的咳了兩聲，「咳！咳！知道兩位的眼睛一向長斜了，沒看到在下這麼大個人也是情理之中，在下一點也不怪你們，目盲之人連自個兒的腳趾也瞧不見。」明天到廟裡上香，祛晦。

「你不諷刺會腸穿肚爛嗎？」看到風震惡，夜梓像吞了十隻蟲子似，一肚子酸水往喉頭衝。

「二哥，你來了呀！怎麼不通知一聲，我們好給你接風。」司徒渡的反應截然不同，他非常高興的喊人，差點忘了正在追人，手舞足蹈的拿著劍亂揮。

「別攀交情，我和你不熟，二哥不能亂叫。還有你，板著臭臉做什麼，我沒欠你，反倒你欠我不少，什麼時候還。」他這人什麼都吃，就是不吃虧，不勤儉持家怎麼養他家娘子。

「哼！」夜梓冷著臉。

「別以為你『哼』就可以賴帳，還有我家的屋頂記得叫人來修，這宅子我剛買下不久，你們好歹送個賀禮來，至於人就不必來了，我家廚子廚藝不好，來了也沒飯吃。」他的意思是只收禮、不宴客，有事沒事別來串門子。

隨著五殿下東山再起，他們如今又成了各家的座上賓，怎麼風震惡還不歡迎他們了？

司徒渡眨了眨眼，「二哥，你知道我們是誰嗎？若你想走仕途的話……」他們絕對可以讓他平步青雲，扶搖直上，在京裡橫著走。

「少說這些沒用的，你們吃掉我五根百年人蔘、五朵血靈芝，還有我的人形果，在帳不還清之前，不管你們是誰，我都不歡迎。」這才是他最肉疼的，幾百年才有的人形果，就這麼沒了，叫他心口疼了好幾個月，一遇到欠債的，難免原形畢露的風震惡多了些狹路相逢的小情緒。

一說到人形果，夜梓顯得不自在，「一個男人老是對點小事叨叨唸唸的，你怎麼比女人還囉嗦。」

他這話就得罪人了。

溫顏立刻冷笑駁斥，「女人礙著你了，沒有我這女人，你的命早就沒了。」哪有機會大放厥詞，蔑視女子。

「溫顏，我說的不是妳。」他越描越黑，且又心虛，因為他身邊多了幾個女人。

在夜梓這年紀，早應有婚配，由皇上指婚，迎娶高門千金為妻，另配側妃、侍妾數名，只是他前兩年因與太子兄弟鬩牆，一度「下落不明」，婚事自然擱置。

先前回宮，他的親事掌控在皇后手中，皇后可不想給他增加助力，遲遲不相看親事。不過皇后再專權也敵不過宗人府，由輩分高的皇室中人掌理的宗人府是管理皇室宗親事務，掌管族譜，記錄宗室子女嫡庶，名字、封號、世襲爵位，喪葬婚嫁。

由於帝后遲遲未下旨為夜梓選妃，宗人府便出面擇合適人選，交由皇上聖裁。

目前已擇定章太傅之女章蕙蘭為正妃，兩側妃為吏部侍郎之女司青鸞，奉國將軍之女蘇楠，但是對於夜梓而言，要不是她們的父親對他的登帝之路大有助益，他不會任人安排終身大事，他腦海中時不時浮起的是另一張含嗔帶嬌的容顏。

江山與美人，身為帝王的一大考驗，而他終究選擇了江山。

「你是說我不是女人。」他存心羞辱她！溫顏杏目圓豎。

「不要曲解我的意思，我是說……」他詞窮，惱怒地瞪視挑他語病的溫顏，不論他說是或不是都不會有好結果。

風震惡實在不想讓夜梓繼續跟他娘子說話，「你別說了，省得她啐你一臉，我家娘子是不是女子問我最清楚了，她當然……」他可沒龍陽之癖。

「你閉嘴。」夜梓氣惱得青筋浮動。

「少說一句。」溫顏沒好氣地往丈夫手臂上一掐。

「二哥，你是來考試還是搬來京城定居，以後可以多走動。」性子直的司徒渡看不出兩位結義兄弟私底下的較勁，他是真的高興能再見到風震惡，在天坳村他受到的照顧甚多，叫人永難忘懷。

「別叫我二哥。」聽來怪彆扭的。

「他來考會試。」順便報仇，溫顏保留這句沒說。

「娘子，妳不要再理會他，這是個傻的。」沒腦子的草包，為人賣命卻不懂給自己留後路。

「誰傻，你才傻，你全家……」看到溫顏用眼刀砍他，司徒渡嚇得連忙改口。「你全家就你一個傻的，還傻人有傻福被黃金蛋砸到頭，娶到世間獨一無二的無雙女。」他冷汗直流，背都濕了，說起好話來是不喘氣，連著來。

溫顏滿意一點頭，「說得深得我意，可堪造就。」嘴甜的人走到哪都吃香，司徒渡再接再厲，必成大器。

風震惡目光一瞥，冷冷嘲弄，「你不傻怎麼會把劍給收了，我以為你們正在追人。」搞不清楚事情輕重緩急，將來如何掌兵？

正要悄悄溜走的女子身子一僵，在眾人目光中停頓兩個呼吸，旋即要奪門而出，哪知她剛一動，夜梓與司徒渡已如離弦之箭來到她身旁，厚刀薄劍齊齊往她雪頸一架。

「還想跑？」

「妳以為妳跑得掉嗎？不自量力，我們只是想知道妳趁著太子出宮時刺殺的原因，留個活口才沒殺妳，不要認為我們追不到妳。」比起夜梓的一句話，司徒渡的話顯得冗長，一開口就停不下來。

「……我沒打算跑，是你們一直在後頭追著，我很害怕才跑的。」她不想死，不想死得無聲無息。

「那妳刺殺太子是為什麼，不是誰都有這個膽量。」若非他和五皇子察覺有人躲在路邊，意圖不軌，搶先出手阻攔，她早被萬箭穿心了。

「我……我是……我……」她支支吾吾說不出口，似有難言之隱，無法道與外人知。

「段輕煙……」溫顏輕喚其名。

早忘記段輕煙聲音和容貌的風震惡眉頭一鎖，不太高興已經消失了的人又再度出現，他直覺又是擾人的麻煩。

「咦！」十分狼狽的女子驟然抬起頭，露出被青絲蓋住的柔媚嬌顏，琥珀色的眼珠子像是貓瞳。

溫顏目光沉靜，「我救妳不是讓妳去送死。」刺殺不是她該做的，連幾個外邦人都對付不了了，還敢當街刺殺。

她苦澀的說道：「我有不得不去的理由。」

「什麼理由？」司徒渡搶著問話。

不是溫顏說話，段輕煙便閉口不言，把司待渡急得都想求她了，涎著臉叫她一聲：姑奶奶，別擺架子了，妳離死只有一步。

夜梓卻好似想到了什麼，審視著她，確認似地道：「妳姓段？」

段輕煙倏地瞇眼，露出防備之色。

「淮南王段淳之女段輕煙。」他記得是這個名字，據說淮南王之女三年前死於暴民攻城之中。

司徒渡驚呼，「什麼，妳是那個叛臣之女？」她居然還活著。

這句話戳中了段輕煙的痛處，她怒瞪著他，厲聲駁斥，「我不是叛臣之女，我母妃是南山長公主，先帝的女兒，和皇上是兄妹。」她擁有皇室血脈，是皇家女兒。

夜梓語氣冷酷，「但妳父王確實反了，他和南夷勾結，自立為王，目前佔據淮南十二縣七府六城不肯歸還，還與南夷往來密切，互稱兄弟，數年不曾繳稅於國庫……」

年年發文催繳，年年毫無下文，逼得朝廷派兵討伐淮南，戰爭打了幾年還在打，淮南周遭府縣的百姓因大量徵兵和催糧而苦不堪言，百姓們攜家帶眷往外逃，以致於人口銳減，土地荒廢，難民一年比一年多，民不聊生，生靈塗炭。

段輕煙尖叫道：「那是他一個人的事，與我們何干！母妃為了規勸他，反而被夷兒梭殺了，我和弟弟被囚禁多年不見天日，我們被關在地牢裡，只有母妃生前的女官關嬤嬤給我們送飯，照顧一二，不然早已餓死牢中！」

「夷兒梭是誰？」夜梓沒聽過。

「八荒部落的少族長。」生性凶狠，嗜血冷酷。

「哪來的八荒部落？」夜梓不解。

段輕煙眼眶含淚，「八荒指的是蠻荒的八個部落，如今由夷兒梭一統為八荒部落，他父親雖是酋長，但掌有實權的人是他，段淳那個傻子是與虎謀皮，早被夷兒梭掌控。」

「那妳找太子做什麼？」溫顏困惑地問，聽半天也沒聽出跟太子有什麼關係。

段輕煙很冷靜的說：「因為我發現太子從五年前就和夷兒梭簽定祕密協議，太子提供八荒部落所需兵器和糧草，而夷兒梭則送上部落裡的黃金和粉色珍珠供其招兵買馬，買私人軍隊，八荒部落中有個月兒湖，湖中產有名為月光見的貝殼，一顆月光見中有七到九顆粉色珍珠，夷兒梭每年給他十萬顆珍珠……」

溫顏跟風震惡沒想到段輕煙會就這樣大剌剌地說出祕辛，臉色齊齊一變。

風震惡上前，把娘子護在身後，冷聲道：「打住，你們要問什麼，把這女子帶走再問，我跟顏兒還沒當爹娘，還想要長命百歲，你們想找死，想說些什麼祕密，隨便你們，但離我跟娘子遠一點！我們就怕被滅口。」

夜梓斜睨他一眼，扭過頭，卻是看著段輕煙自顧自地問下去，「此事當真？」

他雖然這麼問，心中卻已經信了五分，畢竟太子這些年出手闊綽，收買不少朝中大臣為己用，如果不是有額外的財路，他哪來的本錢。

風震惡看夜梓這樣，氣得咬牙。

他知道夜梓不會殺他們，只是想要把他跟顏兒拖下水，才大膽開口阻止他們繼續說，誰知夜梓卻變本加厲！

看風震惡又要打岔，溫顏忙拉住了他，因為打岔也沒用，夜梓的態度很明確，就是要拉他們上賊船，而且在她開口道破段輕煙身分時，事情就成定局了，他們就聽吧，其他的事情，船到橋頭自然直。

兩人之間無聲的交流沒有被其他三人注意到，段輕煙已經開口回答。

「千真萬確，不然我也不會被人追殺，我的丫鬟……」段輕煙抽噎了聲，沒辦法說下去，胭脂不應該死的，她已經訂親了，就要嫁人，可是卻……因她而死。

夜梓卻毫不動容，冷聲繼續問：「妳是怎麼逃出來的？」

依她所說，地牢不可能無人看守，那種狀況他都要費一番功夫才能逃出，她不過是三腳貓功夫，如何能逃脫，還能夠千里迢迢地來到京城？

段輕煙低聲說：「我弟弟受不了長年的拘禁，一頭撞死了，他死後，嬤嬤怕我步他後塵尋死，為了保住母妃僅剩的血脈，她買通看守我的人，帶我和丫鬟從王府地道離開，我走了兩天兩夜才走出地道，地道外是一座大山，我沿著山路往東直走便出了淮南……」

「看來吃了很多苦……」聽她講述逃離的經過，司徒渡忍不住心生憐惜，同情小郡主。

溫顏突然問：「我有個疑問，你們兩位為什麼那麼剛好碰到前去行刺的『自己人』？」未免太過巧合。

她之所以會說「自己人」，完全是因為她知道夜梓他們巴不得太子馬上死，雙方都想要弄死太子，不是自己人是什麼？

「什麼……什麼『自己人』，我們不過是……呃！碰巧路過……」像被踩到尾巴的貓兒，司徒渡心虛的跳起來，不若夜梓的神色自若、不動聲色。

溫顏嘲諷的勾唇，「是你傻還是我傻，這種傻話以後不要再說出口，顯得你更傻。」

「我哪裡傻了，我不傻……啊！你踢我？」太沒良心了，他陪他跟蹤夜裡悄悄出門的太子是冒著天大的危險，居然踢他腿肚。

將腿一收的夜梓面無表情地說：「的確無腦。」

司徒渡跳腳，「你這話過分了！」

第十章　為太子製造麻煩

東宮。

「什麼，又被截了？」

「……呃！是的，太子殿下。」

「這是第幾回了？」居然一次又一次，沒人攔得住。

「……」不計其數。

東宮屬臣不敢回答。

「查出是誰幹的嗎？」無論是誰都要將之碎屍萬段，壞他好事者不得好死，千刀萬剮不足洩憤。

「這……」那些人行動過於迅速，只在於劫貨，不殺人，搶了就走，四散而逃，別人無從追起。

「廢物、一群廢物，本宮要你們何用，連膽敢與本宮作對的人也解決不了……」他花了多少功夫才找出的一條暗道，卻在一時疏忽下毀於一旦。

盛怒下的太子一腳踢開他信任多年的暗衛首領，原本溫文敦厚的外表變得猙獰，讓人覺得愛民如子的慈和眼神迸射出令人心頭發寒的戾氣，彷彿一眨眼便成血色大地，屍橫遍野。

他在暴怒、他在憤憤、他在氣惱，他在怒火中燃燒，在順遂了十餘年後，他由皇子成為今日的太子，本該一切在他的掌控中，可眼看著只差一步的帝位，他怎麼也到不了。

是誰？是誰阻爛了他的鴻圖大業？

又是誰一夕之間推倒了他就要到手的萬里江山，明明有著母后為他謀劃，國丈外公傾一族之力助他掃蕩所有障礙，他是千秋萬載，唯我獨尊的人上人，為何還有人敢擋他的路，與他不死不休的對抗下去。

「太子殿下，不是我等疏於防範，而是對方太過陰險狡詐，多次埋伏在我們經過的途中，出奇不意的現身，叫人防不勝防，中了他們的計策……」他們也是莫可奈何，損失慘重，多次遭受羞辱。

「意思是你們腦子不如人，想不出好計謀嗎？本宮倒是高看了你們，賦予你們至高的權力，結果卻讓本宮顏面盡失，斷了一本萬利的財路。」或許是他太仁慈了，讓人忘了他本性凶殘，他是時候出手了。

一見太子眼眸透紅，暗衛首領心驚不已，「請太子殿下再給屬下一次機會，屬下一定揪出藏身暗處的卑鄙小人，令太子殿下高枕無憂，不再為此事發愁。」

其實他心裡並無太多把握，也有些技不如人的惶恐，每一次行動他們都佈置得天衣無縫，連一隻蟲子也不可能近身，幾年下來從未出過差錯，為東宮博取不少好處，連帶著暗衛的地位也提升不少。

誰知數月前悄然運一批精良武器出京，就在城外的姑婆山遇到一批攔路打劫的山匪，以迅雷不及掩耳的速度從草叢中鑽出，他們意不在人，而是十大車的貨，以鷹爪鉤將駕車的暗衛勾下車，立即有人補上，大喝一聲連馬車帶貨一併劫走。

等他們回過神時，人已揚長而去，想追也追不上，平白損失兵部剛打造出來的十萬枝箭和千把斬馬刀。

原本以為是意外，湊巧被流寇盜匪攔個正著，他雖懊惱卻未放在心上，想著下一次再謹慎點，不要被人半路攔截。

誰知從淮南那邊進來的黃金和珍珠也被劫了，夷兒梭的人全軍覆沒，無一生還，幾十具身著異族服飾的屍體高掛在人來人往的官道邊樹梢上，死因竟然是一箭透胸，再無其他傷口。

是什麼人的箭術如此卓越，一箭奪魂，他的暗衛營調查了十餘日一無所得，恍若天降神兵，一舉奪人性命。

如此叫人應接不暇的突襲層出不窮，不是像地穴蜘蛛從地下掀土而出，便是從空中俯衝下，鷹一般神速，亦有喬裝得和山壁融為一體，突地泥人從山壁出現，倏地撲向車隊。

從未見過的戰術讓人無從防起，暗衛們根本不知曉敵人藏身何處，又會用什麼方式現身，常常提心吊膽老半天沒見著人，卻在放鬆喘口氣時憑空出現，打得他們措手不及。

說真的，不只他的手下人心惶惶，連他也心慌意亂，惶恐不安，深怕幽魂般的敵人再次潛伏身邊。

「你認為你辦得到？」一再的失手已經讓他非常不耐煩，他不想看到失敗，既然是辦不好事的廢物，那就該扔了。

暗衛首領眼底一閃驚慌之色，他擔心的不是自己，而是成千上百的手下。

他連忙磕頭，「屬下定會盡力。」

太子冷笑，「本宮要的不是盡力，而是對方肢離破碎的屍首，暗一，本宮沒有菩薩心腸，殺起人來如修羅。」

這是威脅，同時是對暗衛首領的警告，一而再、再而三的令東宮處於劣勢，以往用黃金餵飽的臣子們開始起了異心，有了另投他人的盤算，為了穩固他的太子之位，不能再有絲毫容情。

「是，屬下明白，不會再有所失誤。」看來得使出殺手鐧，傾巢而出，將其一網打盡。

「去吧！本宮不想看到你人頭落地。」太子的意思是，這是暗衛首領的最後一次機會，是生是死自己決定。

暗衛首領面色一凜，表情冷肅的離開。

他一走，織金垂地錦幔後面走出一位雍容華貴的女子，她眉尾往上揚，顯得凌厲，薄唇輕抹胭脂，豔麗無雙，唯獨眼尾藏不住的細紋洩露她的年齡，已不年輕了。

「知道是誰幹的嗎？」皇后冷聲問，她同樣在意那些錢財，不僅僅因為要用錢財鞏固權力，也因為少了那些珍珠，她這些日子似乎老了一些，她用珍珠磨成粉敷面，可令面色光亮透皙。

太子面露凶相將手上的白玉貔貅砸碎，「除了老五還有誰，他一直不滿東宮之位被我佔了，想盡辦法要拿回去，他以為憑他一己之力能扳倒我嗎？痴心妄想。」

皇后勸告，「皇兒，驕兵必敗，切忌心浮氣躁，目前是我們佔上風，你更不可輕舉妄動，皇上的身子骨拖不了多久，只要你靜下心等待，很快就都是你的。」他是正統，名正言順的東宮太子。

「母后，不是我心急，而是那些老賊不安分，我不過晚幾天給他們銀子，一個個索命奪魂似的催促，說是阮囊羞澀辦不了事。」太子說得咬牙切齒，他只是要他們上奏推舉他上位，讓父皇退位養病而已，結果一個個臨陣退縮，沒人肯當領頭羊。

「呵呵……皇兒，你的歷練還是太淺了，看不出有人在後頭唆使嗎？那些人咱們培養了多久，怎麼可能不站在你這邊，從龍之功有誰捨得放手。」那些人早早選邊站了，事到如今，站了太子黨的已經沒機會改變陣營，一榮俱榮、一損俱損，太子若有事，他們一個也跑不掉，每個都得陪葬。

「母后是說又是老五在背後搞鬼？」太子臉上滿是戾氣。

打從老五死裡逃生回京後，他便事事不順，處處受人壓制，連一向寵愛他的父皇也不喜他，有意無意的冷落，反而常召見老五。

他才是太子，日後的皇帝，夜梓憑什麼跟他搶，再搶也不過是他指縫間漏下的細屑，有何可張狂的。

「也許是他，或是小九，別忘了德妃的娘家是第一皇商金家，他們有的是銀子供出小九和你一爭天下。」人脈、武器、糧草、兵馬都要用到銀子，金家擁有江南三大米倉，他們用糧食控製軍隊並非難事。

「小九也摻一腳？」太子冷笑，倒是小看那小子了，悶不吭聲咬掉東宮一塊肉，反過來疼得吭不了聲。

「小九和德妃摻和在裡面是肯定的，不過母后不認為他們母子有通天本領劫走你的東西，定是另有其人。」她也看出蹊蹺，作案的手法太過詭異，簡直是出奇制勝。

「所以還是老五所為，他的嫌疑最大。」太子不作第二人想，認定是夜梓，唯有他敢不隱藏其野心。

「不只是他，只要是皇家子嗣都不得不防，會咬人的狗不一定會叫，你也要分心留意看來全無心思的那幾個。」她也會替他盯著，不讓人有機會趁虛而入。

想到誰都在覬覦他的位子，太子更加煩躁，覺得若是皇上早早駕崩，自己如今已經坐上皇位，這一切的問題都不存在了。

如此一想，太子皺眉問道：「母后，父皇的毒是誰解的，妳不是說最多半年便會山陵崩嗎？可他還活得好好的。」

明明用了藥卻死不了，一天比一天健朗，雖然臉色還是不太好，但能上朝，批閱奏章，把他的監國之權奪了。

一想到皇上行動自如，還能召貌美嬪妃侍寢，原本氣色不佳的皇后更為陰沉，「不用管是誰，想讓他死的法子還很多，母后會再想法子，不會牽扯上你，皇上一死便是太子登基，誰也改變不了。」

天子之位只有皇兒可得，她不允許發生變故。

「母后，接下來兒臣該怎麼做？」一冷靜下來，太子又恢復往日的謙和，神態溫潤如玉。

皇后眉頭微蹙，略加思忖後說：「當務之急是穩住朝中老臣，攏絡後起之秀，這一次的科舉選出不少後起之秀，你從一甲、二甲的進士中挑選出可用的人才，施點小惠為己所用。

「妳是指狀元風震惡，以及榜眼、探花？」太子說得嫌惡，這三人中，他只看好風震惡，榜眼太老，五十多歲了，探花郎在大殿之上居然朝他拋媚眼，簡直有辱斯文。

其實是太子誤會了，探花郎劉其琛是長年用眼過度，因此對遠處之物看不清楚，他常要眨眼緩和眼睛的不適。

「他的背景很乾淨，上無雙親，亦無參與黨派，只有髮妻一名，也是年少可欺，所以你只要給點小惠，狀元郎便會像池裡的小魚，朝你游過去。」魚餌下得足，不愁不上鉤。

「嗯！是條好魚。」他目光冷冽，嘴角一絲陰陰冷笑。

一條好魚嗎？

被太子和皇后當魚的風震惡可不這麼認為，他最討厭的便是被人當棋子擺弄，而且溫顏是他的命，誰敢動他娘子他便跟誰拚命，偏偏太子太自以為是，盡出昏招，當男人都好色，過不了千嬌百媚的美人關，竟想著給新科狀元賜美妾。

這下子，溫顏氣壞了，風震惡自然也被惹毛了，當下拒賜還直接面朝皇宮方向，只道願為百姓盡心，只替百姓為官，打臉太子。

實際上，在夜梓暗中的操弄下，風震惡不入翰林院，他去了戶部，任正六品主事，專管銀錢。

「你，等等。」一名六旬老者從背後喚住要下衙的風震惡，滿臉嚴肅。

「有事？」回過頭，他眼神一閃。

「你是長寒的兒子？」看那模樣像了七分。

「先父是風長寒，請問你是……」分明認出了對方，風震惡卻是心中冷笑，他們不熟。

「先父……你爹死了？」老二他……不在了？

「是呀，死了好些年，在我很小的時候。」他說得吊兒郎當，好像死了父親跟換牙差不多，痛是一時的。

「為什麼沒知會我？」老人很生氣的揮手。

風震惡故作訝異的睜大眼，「請問您老是誰，我家死了人為何要告訴你，難不成要送奠儀？你太客氣了，不過死了個被逐出家門的不肖子，用不著勞師動眾，我那眼中沒倫理的祖父都不指望他送終，有妾生子在面前盡孝已心滿意足，管都不管我爹了。」

老人一聽，整張臉發紫，差點氣厥，厲聲吼道：「你娘呢？」

「也死了，你想給她上墳？」他笑得特別和善，老人問話，有問必答，表現出尊重之意。

「什麼？」死……死了？怎麼兩夫妻都死了，他們才三十出頭。

老人震驚極了，滿腹的怒氣凝結於胸，上不去、下不來，隱隱生疼，疼到挺不直腰，上身前傾，捂胸。

「還是我拜祖父養的老虔婆所賜，寫信把我娘氣死了，妾就妾還裝什麼平妻，以庶代嫡混亂家風，色誘寵妾滅妻的祖父，一個妾居然作威作福害死嫡子，趕走嫡妻，可見祖父多色令智昏，看見妖婦就挪不開腿，直接給她當兒子孝順去了……」

「你……你胡說，明明是大婦無容人之量，她……」呃！元配做了什麼，為什麼他想不起來。

「大婦為何要有容人之量，若是為人夫者不起色心，一碗水端平，為妾者哪敢爬到大婦頭上，總歸是男人的錯，無能，沒法做到妻妾和睦相處就別納妾，搞得死了兒子丟了妻還洋洋得意得一賢惠美妾，讓其出門交際。」有正妻的人家恐怕會笑話家風不正，家族子弟無臉見人，連當官的也會遭到牽連，丟官降職。

老人聞言，當下氣到渾身發抖，「你知不知道我是誰？」

「請賜教。」他一臉陌生，請老人自報家門，一副他初入官場，認識的人並不多，還是牛犢子的態度——初生之犢不畏虎，張狂得很。

目前還是皇上在位，但曾受毒害的身體已然敗壞，無法長期專注在國事上，因此朝中由太子和五皇子分庭抗禮，除了少數的中立派，大多已分黨結派，由兩派人手互相牽制。

而風震惡因太子的不懂事而表示拒絕依附，已經給人意氣用事的印象，他便更深化這種印象，故作不可一世樣，讓人以為他空有才識卻不知人情世故，可拉攏不宜重用，以免因小失大，自毀長城。

如此反倒迷惑了太子一黨，方便他暗中行事。

「我是你祖父。」文昌伯風定邦怒氣沖沖，由紅轉黑的臉色佈滿陰鬱，對孫兒的滿嘴胡話感到怒不可遏。

話一說完，風定邦以為孫子會誠惶誠恐的下跪認罪，高呼「祖父寬宥」，沒料到他只是目露困惑地上下看了一眼，語氣訝異地說——

「我沒有祖父，老人家認錯人了。」

風定邦一聽，氣呼呼的吹著鬍子，「你爹娘是怎麼教你的，居然讓你背祖忘本，風長寒是我兒子，你便是我風家子孫。」

風震惡冷然一笑，「父慈子孝，父不慈，子何需愚孝，我記得我爹是被我祖父逐出家門，揚言他不再是風家人，若敢再進家門便打斷他雙腿，一輩子當乞丐。」

若非祖母贈金，一家三口人真要餓死街邊。

「我……我是一時氣話……」事過境遷，他氣消了拉不下臉找回兒子，想著兒子若在外面過不下去自會回頭認罪，而非硬著頸子死不低頭。

「呵呵……我考上案首時，母親去信請求寬恕，老虔婆回信已將二房除族，換言之，我和你已形同陌路，莫再厚顏無恥認親，在我心中，我祖父已死。」

「什……什麼除族，沒有我的同意，豈可任意把子孫從祖譜上除名，沒這回事。」明明還在祖譜上，過年開祠堂祭祖時仍看見二房父子的名字，寫在已故長子的下方。

「那你就要回去問問賢名在外的平妻，她逼死我娘，這仇我不會放過，希望她喜歡我送她的第一份禮。」復仇的花朵才剛開始結果，很快地果熟蒂落。

「什麼意思？」他忽然很不安。

「我大伯死了，我爹也死了，憑什麼三叔還活著，杜氏不是想讓風家斷子絕孫嗎？我成全她。」一想到爹娘的死和受盡屈辱，想想杜氏兒子如今的下場，認為自己不是好人的風震惡有種報復的快感。

「長雍的腿是……是你做的？」他身子一晃站不住腳，心口一陣一陣的抽痛。

「你是說三叔的腿斷了嗎？這事可與我無關，誰曉得他是不是跟他娘一樣愛偷人，偷到不該偷的人，人家不像我祖母那般仁善，把丈夫讓人還忍受喪子之痛，從此避入家廟，青燈常伴。」做過的錯事總要付出代價，得到多少，就得吐出多少，祖母的痛，杜月娘也得承受一二！

「你……你怎麼連你三叔也下得了手，大逆不道，老天爺會劈死你……」一想到小兒的不良於行，風定邦老淚縱橫。

老父疼么兒，老三風長雍與長子風長雨相差十四歲，自幼就最得父親疼愛，出生沒多久風定邦就想將爵位傳給小兒子，但因元配娘家人的反對，他才打消這個荒謬的念頭。

但他的枕邊人杜月娘可不覺得荒謬，想著若是老三上面兩個哥哥都沒有了，文昌伯的位置不是她兒子的還有誰。

於是她精心策劃，安排一場又一場的意外，最後不惜把自己也賭上了，徹底搬開兒子面前的攔路石。

「我是跟你學的，伯爺，虎毒不食子，你都能眼睜睜地看著你的女人害死你的親兒，那我有什麼不忍心？那可是仇人之子，杜月娘的手上沾著連同大伯在內的三條人命，你說她睡得安穩嗎？」半夜不怕鬼敲窗？

「你……你……逆孫……」他臉紅得發漲，咻、咻的發出哮喘聲，心裡念著平妻么兒。

風震惡看似端方有禮的靠近他耳邊，小聲的說道：「若有一天我位極人臣，便是文昌伯府覆滅時。」

「你……你不會得逞的……」老天爺不會不開眼，讓不敬親長的孽畜翻天覆地。

風震惡大笑，「我是五皇子的人，很快的，要變天了，買口好的棺木備著，不知文昌伯府誰會先用上。」

「五皇子……」他喃喃自語，雙手發冷。

被拿來當槍使的夜梓很快得知這一番對話，一臉陰沉地等在風震惡離開時的必經之路，一把勾住走過轉廊的風震惡肩頸，將他拖往隱密處。

夜梓怒道：「你在發什麼瘋，為何當眾說你是我的人，你不怕惹禍上身。」這傢伙出事無妨，不能連累溫顏。

「放手、放手，男男授受不親，我可是要為我家娘子守身如玉，你不能仗勢欺人，要我屈於人下，我對男人不感興趣。」拉拉扯扯成何體統，他還要清白名聲做人。

夜梓臉紅了，被氣紅了。

他磨著牙道：「跟你說正經事，別跑題了，你在幹什麼，真把自己當靶子了，雖然我和你互看不順眼，可是我也沒想你死，還是因我的因素而被殺雞儆猴。」

「你認為我應付不了？」人生如戲、戲如人生，既然登台了就好好玩一場，別辜負人家佈下的局。

夜梓一頓，將頭轉開，嚴肅地說：「太子還好對付，貪功冒進，自信過剩好吹噓，目光淺薄，別人一激很容易就出錯，但皇后是埋在沙裡的蠍子，她不顯山不露水的藏著，等人一靠近便舉尾一螫。」

風震惡一笑，笑得讓人好想群毆，「那不正好，由我去引開太子黨羽的注意，你好趁機搜集他和八荒部落往來密切，甚至是賣國的證據，一舉拿下他和皇后兩人。」

聞言，夜梓雙眼一瞇，「原來你是做這打算。」太冒險了。

「我有我要討的公道，你有你要爭的帝王位，我們各取所需，你不用覺得對我虧欠，我自得其樂。」想到文昌伯黑如潑墨的臉色，他心裡解氣不少，爹的屈辱，娘的怨氣，多少得到補償。

那一晚，夜梓和段輕煙的對話他跟溫顏都聽完了，既然事情已經發展到如此地步，無法逆轉，那就只好想辦法為自己爭取最多的利益。

「溫顏呢！」他將她置於何處。

一提到娘子，風震惡的表情甚為古怪，「你真以為她如外表柔弱，連桶水也提不動嗎？夜梓，你錯了，她狠起來連你我都自嘆不如，咱們伏擊太子車隊的計謀全是她想的，包括地裡埋火藥、紙鳶載人、丟擲煙霧彈……」

夜梓微微訝然，旋即又露出讚嘆神色，果真是她，才智過人。

「我助你成帝，為你平定江山萬里，你不會有什麼不該有的非分之想吧！」風震惡斜著眼暗示，想得到就必須先捨棄，好事不會集於一人。

夜梓不做回答，只眺望遠處，白雲蒼狗，歲月匆匆，這世上最無法預料的是人心，因為它隨時會變。

「娘子，我好累。」風震惡閉著雙眼，躺在妻子腿上，他人未老，眉間已出現皺紋，讓他看起來更成熟穩重。

經過一年的佈局，他已由正六品的戶部主事升至正五品的郎中，掌理的財務更多，經手的銀錢更是流水般。

然而那些銀錢一兩不失的進入國庫，沒人可以將手伸進百姓繳納的稅金中。

他在幫五皇子守住日後的財源，不致一上位就面臨國庫空虛，無銀可用的窘境，同時也防止太子國庫通私庫，私自取用朝廷的銀子壯大自身，把百姓的銀子當是孝敬他的。

自從被發現私賣武器後，太子再也沒有辦法將兵器往外運送，自然也無法獲得豐厚報酬，黃金和珍珠沒有了，他手邊的財源也斷了，戶部那邊又拿不到銀子，他真的愁到頭髮都快白了。

所以守住銀兩進出的風震惡首當其衝，即使他上頭還有左、右侍郎和戶部尚書，可是一搬出五皇子，他們也就鼻子一摸幹自己的事，和銀子有關的事他一點也不馬虎，這才成了太子下手的對象。

於是他每一次出門就像在打仗，先要防武力襲擊，而後是陰謀詭計，還有假借宴席設局，今日我設宴，明日他邀約，後日同儕遊湖，賞花會來不來……諸如此類多不勝舉。

風震惡本人並不在意，他樂得出盡風頭，成了京城的名人，無人不知、無人不識，連司徒渡看了都為他著急，問他需不需要人擺平。

直到有一天他負傷而歸，看到寸長的傷口，溫顏真的火了，誰敢發帖請她丈夫赴宴，她便上那人府上放火，把宴客的水酒和餐點一把火給燒了，連燒了七家後，京城也安靜了許久。

而太子……呵呵，他一夜之間庫房內的珍藏全被盜了，只留下「一枝花到此一遊」的字條，欲哭無淚的他真的停歇了，因為他連暗衛也養不起，四下向依附他的人要銀子。

「累了就把手邊的事放下，好好的休息幾日，我們在城外的莊子修整得差不多了，可以去摘果子、拾雞蛋、烤肥鴨了。」她打造了休閒農場，有山有水，有生態園區，魚兒水中游，山禽野獸滿地走，果園、菜圃一應俱全，想吃什麼自己弄。

目前尚未向外開放，也就自己人知曉，去年種的葡萄今年已開花結果，雖然接枝長得快，但第一年的結果並不理想，微酸，拿來釀酒還行，若吃在嘴裡就得瞇一下眼。

其他棗子、柿子、蘋果、香梨、甜橘、櫻桃等果樹是隨意種下，種得不多，一種十來棵，也就是應景，看來好看，想吃的時候就有，不用專程去買，讓人享受田園雅興。

「沒辦法放下呀！我的好顏兒，這一、兩年是走不開，皇上……應該撐不了多久。」五皇子和太子之爭正激烈，他們不能走，一走怕會出現變故。

「我煉製的藥不能讓皇上多活幾年？」她已經拿出看家本領了，華佗再世也比不上她，她用的是現代醫術，融合古代藥理。

風震惡雙目微睜又閉上，「呵呵……為了幫太子登位，皇后是無所不用其極，她也不知向誰打探到食物相剋法，她讓御膳房準備不能一起用的補品，試毒的太監一吃，沒毒，皇上便用了。」

「所以皇上的情形更糟了？」也真是夠糟心了，天家無親情，夫妻、父子都是結仇來，各使心機。

「本是無毒，對身子有益，可是一相融就多了微毒，毒性太輕太醫也診不出來，等到毒入心肺也來不及了。」要不是有娘子的延年益壽丸救急，皇上早成了先帝。

「沒人查出是皇后動的手腳？」留著一顆毒瘤在，大家都不安心，不曉得何時又有人受害。

冷著臉，他反手抱住娘子細腰，「皇上對皇后仍有餘情，不想辦她，而又沒有確切的證據證明是她所為，連太醫都判斷不出什麼和什麼相剋，驗的時候無毒，又怎麼能怪罪中宮之主，她只是皇后，不懂藥理。」

「等等，他們不會把罪推到我頭上吧！」因為她會醫術、會製藥，還開了一間四方藥鋪，她最常接觸藥草。

溫顏這一年也很忙，她買田置地種藥草，莊子、鋪子也沒落下，看上的就買，順便和人合作開了八方茶居、四季酒樓、金玉滿堂首飾鋪，接著還有一間點心鋪子準備開張，她用的是現代行銷法，因此賺銀子如流水，日進斗金，滾滾而來。

如今在京城她的名聲比守財奴丈夫還大，甚至還有「天下第一悍婦」之稱，但因生得美，容貌過人，大家也能包容她的凶悍，只看見她美若天仙的嬌顏。

不過忙裡還是能偷閒，在某日的夜裡，她被有備而來的夫婿吃了，成親多年終於圓房了。

當丈夫的很壞心眼地笑了，「皇后倒是想把妳拖下水，有我和五皇子在，她根本沒機會開口，司徒渡也在場，冷嘲熱諷的話沒少說，皇后被說得沒臉，怕我們真的往下查，拔出蘿蔔帶出泥，連她做過的事也被扯出來……」

「所以她只能啞巴吃黃蓮，自個兒吞了。」溫顏撫著丈夫的頭髮，接下他的話。

風震惡面色柔和的吻著妻子手腕內側，嗅著她淡雅體香，「我說過我會護著妳，這一生一世只要有我在，誰也不能動妳一絲一毫，皇后不行，太子更加不可能……」

他日五皇子成了皇帝，他會帶顏兒走得遠遠的，絕不會留在京城這個是非地，風震惡冷然的黑瞳中幽光閃爍。

聞言，她眉眼彎彎地笑了，「老頭前些日子找你了是不是？」

她口中的老頭指的是兩人的師父天山老人季不凡，這些年師徒們偶有聯絡，但很少見面，通常是老人家從天山下來，看看徒弟們的武功有無精進，再指點一二，然後帶幾罈溫顏釀的酒和一些小吃食回山，朝廷政事與江湖人無關。

而溫顏是個膽大的，直接開口要了十年才開一次花的天山雪蓮，而她要的不是一朵、兩朵，一口氣批發九十九朵，因為只有這麼多，她一次清貨。

天山一片雞飛狗跳，近千門眾叫苦連天，差點集體下跪請她手下留情。

誰叫她身為季不凡的徒弟輩分很高，連天山掌門都得喊上一聲師姑，因此面對她這種土匪行徑也莫可奈何——不只雪蓮她要，還開出長長的單子要走三車天山才有的稀有藥草。

他無奈苦笑，「師父說他年歲大了，想要一個娃兒玩，叫我們趕緊生個小女娃或小胖子，他好把一身絕學傳下去。」孩子是生來玩的嗎？師父這話可不妥當，娘子她……唉！師父，自個兒保重，徒弟盡力了。

果然，溫顏聽完立刻柳眉倒豎，「那個死老頭又欠抽了，整天待在冰天雪地的天山把腦子凍壞了，上回在熔岩山脈拿的烈火石還有幾顆，把它們全往他被裡扔，燙死他。」人老不知羞，連徒弟房裡事也管。

季不凡的頑童性子也就溫顏治得住，偏偏不長記性似的，好了傷疤忘了痛，每回無聊了就來逗弄愛徒幾下，再被氣得跳腳，罵罵咧咧的嫌小徒不孝，為老不尊的「偷」了人家的好東西走人。

他就像個孩子愛玩、不講道理，我行我素，對人好壞只憑一時喜惡，可溫顏就對他胃口，她越對他板著臉惡言相向，他越是滿意的笑逐顏開，說是臭味相投。

「娘子，我們也該生一個了，妳看我都老了……」他顰起眉，裝出老先生的模樣，還清了清喉嚨。

「現在生合適嗎？」溫顏有些為難，皇位一日未定，身為五皇子黨的他們便是別人的眼中釘，隨時會有性命之危。

雖然針對風震惡的刺殺不若往日多，但是不怕賊來偷，就怕賊惦記，一時的風平浪靜就不會再掀風雨了嗎？萬一出奇不意呢！

「合適、合適，娘子什麼時候生都合適，不是有為夫在。」才說累的男人忽然生龍活虎，一翻身將妻子壓在身下，動手解她的腰帶和衣裙，活力十足地像剛吃下人蔘果。

「又哄我，你祖父不是剛上書要你認祖歸宗，你還得和他打官司。」多個孩子麻煩多，搶不了孫子搶曾孫，有個「人質」在手，孩子的爹娘能不回嗎？

風定邦的三兒子腿廢了，不良於行，他好不容易撈上的官職也沒了，朝廷不任用身有殘疾者為官，因此他一時受不住，整日尋死覓活的，一日見四下無人，還真讓他死成了。

兒子一死，杜月娘也垮了，鎮日以淚洗面，再也顧不得和誰爭來爭去，兒子無後，爭了也無用。

三個兒子全死了，風定邦就只剩風震惡一個後人，他不把人找回來繼承香火，日後誰給他養老送終、延續香火？

「皇上都那樣子了，他上書有何用，何況我早做了溫家的上門女婿，他哪來的孫子奉養膝下。」一人作了孽，天會看得見，他不是只要他的白月光，無視糟糠妻嗎？那就兩個人抱在一起取暖。

忽然了悟的溫顏抱著丈夫親吻，「原來你打的是這主意，太奸詐了，我爹居然同意你倒插門。」

風震惡笑而不語，喘息聲漸重，沒什麼事比翻雲覆雨更重要。

第十一章　宮廷劇變

「快走、快走，要宵禁了。」

「宵禁？」

賣豆腐腦的看鄰攤賣菜的還不走，趕緊拉拉他，「怎麼傻乎乎的，沒見天要變了嗎？你要不是城裡人就盡快出城，接著幾天別進城，要亂了……」

「天氣很好呀，萬里無雲。」

「哎呀！說你傻你還真傻，這天指得是……」他往皇宮的方向一比，皇上是老百姓的天。

「什麼意思？」鄉下人對朝中政事一無所知，他就是背著筐來賣菜，賺幾文買肉錢。

「看到沒，穿著盔甲的是禁衛軍，還有打城牆邊經過的黑甲士兵是虎賁營，他們上頭的不是同一人……」看見街上的士兵越來越多，賣豆腐腦的小販也不敢逗留，挑起收拾好的擔子往老百姓居住的東街走去，頭也不回，保命要緊。

見狀的菜販子也走得極快，趕緊出城，雖然他不知道發生什麼事，可是街上的人都走光了，肯定是大事，他再不走有可能走不了，銀子沒賺到不打緊，不能把命賠進去。

也就一會兒功夫，鋪子闔門，大街小巷一個人也瞧不見，有好奇的人拉開一條門縫偷看了一眼，隨即又闔上。

明明是盛夏，熱得叫人汗流浹背，可家住京城的人卻覺得背脊發寒，冷汗直流，彷彿白雪紛飛的冬天提早到來，由腳底直往頭頂竄的冷，家家戶戶緊閉門戶不敢外出。

風府之中，小夫妻待在寢房裡，風震惡靠坐床頭，溫顏在他身邊。

「皇上怎麼了？」事到臨頭了，溫顏反而平靜了，氣定神閒，靜觀其變，該著急的人不是他們。

「不清楚。」

她不滿地橫了一眼，「你怎麼會不清楚，你不是參與其中，敢用話糊弄我。」

風震惡苦笑的看著妻子微隆的小腹，「我哪知道宮裡發生什麼事，前幾日皇上還很高興五皇子妃生了嫡長子，特意賜了名，還說要在宮裡辦滿月酒，讓皇后去準備。」

「過了。」好心辦壞事。

「過了？」什麼意思。

「聖恩過隆。」對五皇子而言並非好事。

兩人青梅竹馬，心意相通，風震惡一聽便聽出她話中之意，「妳是說皇上對五皇子夫婦太過看重，反而引發皇后和太子的不快，母子倆心一狠，決定向皇上下手。」

「有可能，要不然不會兩方的人馬都動起來，調動各自的兵馬預做防範，唯恐對方搶先一步。」溫顏搖搖頭，當皇上有什麼好，眾叛親離，妻子不想他活太久，兒子們都盼著他早死。

「妳夫婿我也被坑了一把。」他手一攤，手心多了一塊暗紅色鐵牌，鐵牌中間有一個字——虎。

「這是兵符？」溫顏臉色一變，怒火往頭上一衝。

「妳那好妹妹段輕煙親自送來的，說是司徒渡託她拿給妳的禮，我以為兩人好事近了，不疑有他的收下，等她一走我打開匣子，裡面放著這個。」風震惡苦笑，他一看就楞住了，有種有人往臉上扔刀子的感覺。

兩虎相爭，必有一傷，風震惡原本想置身事外，誰知不好安心的夜梓陰了他一把，若是緊要關頭他沒帶兵出現，夜梓兵敗這個鍋誰要背？

他不能真任夜梓輸了這一局，否則真要成千古罪人。

夜梓真是個小心眼的男人，日後坐上九五寶座也絕對是心胸狹小，他要唾棄他，打小人，打得他面目全非。

對於被未來的九五之尊陰了一事，手握虎符的風震惡是打心眼不豫，他和妻子成親多年，真正成為夫妻不到半年，而妻子又正好有孕在身，在這時候他怎麼可以離開她？

這世上沒有人和事比妻子更重要，一無所有的他只剩下她了，不能再失去。

只是京城裡有成千上萬的百姓，他顧了妻子，他們有可能見不到明天的日頭，小小的一塊鐵牌承載著無數人的生命，重得他不敢放下。

「等這事了結後，也該喝他們的喜酒了。」

溫顏完全沒想到，這兩人從一開始的劍拔弩張，火水不容，到最後竟會互看順眼，惺惺相惜，在對八荒部落發兵期間日夜相處而產生情愫。

南夷那邊的情形和地勢沒有比自幼長在淮南的段輕煙更清楚，皇上的身子狀況不容許夜梓離京，因此由司徒渡帶領二十萬大軍前往剿亂，不僅要平定淮南叛軍，還要將夷兒梭打回南夷，不再犯境。

而段輕煙便是以戴罪之身陪同前往，將功贖罪，得以洗去叛國之女的名聲。

其實這仗也打了很久，超乎夜梓等人的想像，不過在風震惡、溫顏的暗送計謀下，兩軍交戰頻傳捷報，打得夷兒梭不得不喊停戰，表明求和，使心眼的差事司徒渡是一竅不通，故而帶著段輕煙班師回朝，另派文官前往交涉。

可就在司徒渡回京不久，皇上又中毒了，這一回連溫顏都束手無策，他的千金之軀原來就被毒害得千瘡百孔，不能再有一絲一毫的差池，就像紙紮的人兒，輕輕一戳就破了。

想要他死的人沒有半絲手軟，夜梓一派聲勢日漸壯大，司徒渡又大勝歸來，他若再多活一年半載，對太子一黨來說十分不利，為了自身利益，他得死。

溫顏能做的事只有讓毒性不再蔓延，暫時控制不毒發，可若有個情緒波動引發毒性攻心，大羅金仙下凡也難救無命人。

聞言的風震惡哭笑不得，看著妻子的神情有著拿她沒辦法的柔情，「都什麼時候了妳還想到喝兩人的喜酒，到了決戰關頭人人自危，稍微一個疏失便是萬劫不復。」

眼前看來是夜梓佔上風，不少朝臣已傾向他這一方，登位有望，至少在百姓心中眾望所歸，安民方面做得比太子好，也比他得人心。

得民心者得天下。

只是皇后也不是省油的燈，能多次向枕邊人下毒而不被發覺，可見也是手段了得，如此心狠手辣的人不會留一手嗎？

這是夜梓和風震惡所憂心的。

所以暗中有暗，夜梓出奇招命人將兵符送到風震惡手中，畢竟他雖是任文職卻身手不凡，京中武將能打敗他的幾乎沒有，算是夜梓在最後一戰的伏兵。

「我這是苦中作樂，不然等待太讓人心焦了，睡也不是，不睡也不是。」全城百姓都在等，整個京城上空瀰漫著一股散不去的陰霾。

看她面有疲色，心生不捨的風震惡讓她往胸口一躺，「瞇一下吧！真要有事我喊妳一聲。」

溫顏搖頭，「睡不著。」

「不睡著也要為女兒著想，把心放寬，我們都希望她能平平安安的出世。」大手覆在明顯突出的小腹，感受新生命的孕育。

不多不少，正好滿三個月，胎穩的日子。

她笑著一嗔，「你又知道是女兒了，也許是兒子。」

「不，是女兒，我家月兒告訴我的。」為人父的傻氣在他身上展露無遺，堅決認為妻子肚裡的是個小棉襖。

她有些吃味地說：「月兒？」那是誰。

「我風震惡的長女風靈月。」他要把她寵上天，讓她成為無惡不作……呃！是無所不能的小仙女。

因為風震惡太寵女兒了，把女兒寵成一方惡霸，許多人私下叫她玉顏煞星，在大家以為她嫁不出去的時候，居然有個傻子找上門求親，自稱是一見鍾情，願以三座礦山為聘禮下聘，但這些都是後話了。

她失笑，「孩子都還沒生出來哪知是男是女，萬一是帶把的，你取這個名字不是被你兒子怨死。」

「不，一定是女兒，我們父女連心，對不對呀！小月兒。」風震惡將耳朵貼近妻子小腹，像是和腹中小小人兒打招呼。

「傻乎乎的……」哪有平日的沉穩。

溫顏嘴上嗔著，卻很高興丈夫喜歡女兒，這樣親暱的舉止，讓她心裡暖暖的，這就是一家人幸福的感覺。

他坐正身子，笑嘻嘻地說：「這是第一個孩子，以後我們最少生五個，湊足五根指頭。」誰說五根手指頭長短不一，他一碗水端平。

溫顏的靈魂來自另一個時空，那個時代大多數都生得少，一聽要五個孩子，她頓時驚得差點說不出話。

好半晌，她才瞪了他一眼，「你當我是母豬嗎？」

他呵呵笑的雙臂環住妻子，「我們有一輩子的時間，不急，幾年生一個也就生齊了。」

是呀！一輩子……他和她的一生一世。

她目光柔和下來，換了個話題，「怎麼會想到『靈月』這個名字，挺文雅的。」

他回想過往，唇邊帶笑，「還記不記得我們來京城的途中經過一個叫『靈犀城』的地方，那裡四季如春，風景如畫，妳聞到香辣烤鴨的味道非要下車一嚐，那時候月亮剛剛升起，我便想，日後我若是有了孩子，便要以月、聞、靈、犀、城命名。」

只是天不從人願，他們只有四個孩子，老三是男孩叫靈靈不合適，便以「凌」代替，取名風靈凌。

她一聽，噗哧一笑，樂得忘記動亂將起，「沒個正經，居然這麼草率的取名字，我真服了你。」

「哪有草率，我很認真。」見她笑了，風震惡的心也安了一半，他最擔心的不是夜梓爭位落敗，而是妻子太過憂心，傷了自己。

「好，你認真，不過你是我溫家的上門女婿，孩子姓風是不是搞錯了。」她目光流盼，帶著促狹，看他如何解釋。

壓根忘記這件事的風震惡臉皮也厚，立即不要臉的抱緊妻子，狡辯道：「溫、風本是一家，姓什麼不都一樣，妳我還分得出彼此嗎？我早就是妳的人了，妳可要好好對我。」

天哪！這人未免也太無恥了，無恥無下限，但是……

她輕輕一嘆，「我想我爹了。」另一個寵女兒的人。

看她眼底的失落，他心裡跟著難受，安慰她道：「爹不是和幾個朋友出門遊玩了，三、五年內不回天坳村，他要去看看三山五嶽，遊遍五湖四海，寫本遊記流傳於世。」

岳父大人肯看得開他也為他高興，為妻女而活的他終於為自己活一回，找了三、五好友同行，打算用雙眼看盡所有美景，感受各地的風俗民情，以腳丈量走過的土地。

「不知他有沒有帶夠銀兩……」出門在外，銀子很重要，無錢逼死英雄漢。

風震惡一指點住她唇瓣，「照顧好自己，妳不是一個人，而是兩人身，若是老擔心這、擔心那，以後生出來的女兒也愁眉苦臉，妳對得起她嗎？」

明知道孩子不可能如他所言的長了一張苦瓜臉，不過母親的心情確實會影響腹中胎兒，溫顏深吸口氣，把不該煩心的事一股腦全拋了。

「好，聽你的，從今日起我只負責養胎，其他的事一概不理。」

「嗯！好娘子，把妳孩子顧好我就安心……」

噹噹噹噹噹……喪鐘響。

溫顏喃喃道：「皇上他……」駕崩了，龍馭賓天。

「太子馬上要動了。」風震惡眉頭緊鎖，手中的虎符倏地握緊。

「那你……」真的要去嗎？

溫顏突然有種「悔教夫婿覓諸侯」的悵然，原本他們只想考個功名好讓文昌伯府瞧瞧，被伯府趕出府的子孫亦非池中之物，一朝衝向雲霄，令文昌伯府望塵莫及。

可是誰曉得無意間救起的少年竟是當今五皇子，在時勢變化之中，風震惡不僅投入麾下，甚至還結拜為兄弟，這灘渾水不蹚不行，不為兄弟也為日後仕途平順。

如果風震惡不在京城這事還好說，當不知情便一筆帶過，遠水救不了近火，誰也怪不得他。

但此時此刻人就在城裡，還可以說是夜梓的心腹，深謀遠慮又巧獻奇計的軍師，他不領兵襄助又有誰成？

風震惡深深看著妻子，目光漸漸堅定了起來。

男兒當頂天立地，無畏生死，有所為，有所不為，哀戚的鐘聲一停，各方隱藏的勢力也動起來，他不出面，又怎能壓制底下這波暗朝洶湧，無數的「顏兒」不該捲入這場風波。

妻子有孕在身，和她同懷有身孕的女子又豈是區區數人，她們和她們的孩子都不應受到皇家爭權奪利的傷害。

兩人心意相通，溫顏自然看出了他的決定，她不禁呢喃，「你……你要去調兵遣將了」事到臨頭，她發現自己的胸口塞得慌，不想他走。

人都是自私的，事不關己，高高掛起，一旦與己有關，向來泰山崩於前亦面不改色的溫顏也有些慌了手腳。

不是不相信丈夫的身手，他有足以自保的高深武功和智謀，可是刀劍無眼，誰又能確保萬無一失，敢逼宮起事的皇后、太子不可能沒有後手，就是不知道隱藏於何處。

「顏兒，我要妳記住一件事，這一輩子我只愛過一個人，我有幸娶了她為妻，妳就是我心裡深愛的人，我要妳答應我，不論外面多麼風聲鶴唳、殺聲連連，妳都不能踏出府門一步，聽見了沒。」府裡設有機關，一碰觸必死無疑，待在府中，定能保她平安。

「如果你有危險呢？」她不可能置之不理，眼睜睜看他去死，她對他的愛不亞於他，他們說好了不管去哪裡都要在一起，誰也不能丟下誰。

風震惡露出自信滿滿的笑臉。「我有老天庇佑，不會有事，反倒是妳肚子裡有我們的孩子，一定要照顧好自己和孩子，我去去就回，不會耽擱太久，妳等我回來。」

「阿惡……」鼻子一酸，溫顏沒想過她也有淚盈滿眶的一天，為人擔憂，為人心急，她也是人，也會恐懼失去至親至愛。

「傻娘子，哭什麼？還信不過妳一肚子壞水的相公，別人萬箭穿心扎成刺蝟，我連滴血也不會沾上，還能學人在城頭上彈琴，一人能退千萬兵馬……」他話說到一半，忽聞府外傳來大批兵馬經過的聲音，他面色微微一變。

「你等等，我給你拿幾樣東西。」

看他臉色變化，溫顏下了床，一手按住小腹，邁開步伐。

在風震惡眼裡看來，不過眼前一花，人又站在面前，風震惡暗暗驚訝妻子的輕功又精進了，實在了得。

「這給你，收好。」她又是匕首又是腰帶的，還有造型怪異的扁平長方形匣子，外觀看來平凡無奇。

「這是……」有點沉重。

溫顏拿起從夜梓那坑來的鑲寶石匕首，她指著把柄多出來的黃玉，「它是暗器機關，你從這裡按下去會射出三枝細箭，箭頭都淬了毒，可連用三次，而黃玉捏碎有解藥，以免誤傷，腰帶內藏著七種毒藥，是粉狀的，你站在上風處往下一撒，起碼倒下一半……

「至於這匣子是『百花飛舞』，裡面有成千細如牛毛的毫針，它一次能射出百枝致人於死的細針，像百花盛開般在風中飛舞，美得叫人目眩，同時也致命，再無生機。」

拿了防身武器，換上便於行動的武士袍，不敢再看妻子一眼的風震惡轉過身，大步向門口走去，他怕一回頭就捨不得離開。

溫顏忍了又忍，終究還是在背後開口——

「風震惡，我和孩子在等你，你給我活著回來。」

「嗯！」他重重頷首。

天漸漸暗了，盛夏的天氣居然起風了，還風聲蕭蕭，驟然讓人感覺到壓迫性的冷意。

還不到夜晚，天邊飄來一大片烏雲，它就陰著，不下雨，雲層低得快要碰到皇宮的屋頂似，白天像晚上一樣，昏暗不明，地上捲起丈高的風沙，使得京城更瀰漫著一股肅殺之氣，濃重地令人發顫。

驀地，鏗鏗鏘鏘的刀劍碰擊聲驟起，殺聲、吼聲、吶喊聲接踵而至，凌亂的腳步聲由百而千，竟在風宅門口砍殺起來，還有人不敵撞向門板的聲響，越來越驚心動魄的廝殺聲不絕於耳，幾乎近在身側。

藏好家中財物的溫顏讓下人們躲到柴房下方的密室，裡面有夠用三天的水和乾糧，以及用布幔圍起的茅廁，她順手打開前庭、後院的機關，讓人有進無出。

準備妥當後，她再看了一眼自家宅子有無疏漏，剛走到房門口要入內，一枝火箭由外而內朝堆柴的柴堆射去，見狀的她抬腿一踢，將箭踢回去，便聽見一聲中箭的慘叫。

有了第一枝火箭便有第二枝、第三枝、第四枝、第五枝……連接十多枝火箭叫人應接不暇，但溫顏也不是吃素的，一火大，跳上了屋頂，從上而下看清楚底下的動靜，她一發狠掏出懷裡的藥包，朝正往箭上點火的人一把撒下大量白色粉末……

「啊！這些是什麼……好疼好痛……我看不見了，血……我吐血了……」

另一邊，皇宮之中，戰鬥正到了關鍵的時刻。

「老五，你還是別做垂死掙扎了，你雖帶了五千名虎賁營兵士前來救駕，可我們有兩萬名禁衛軍，如此懸殊的兵力，你還能衝出重圍，以弱敵強嗎？」太子說著，冷冷地扯了扯嘴角，呵呵……無疑是異想天開，以為他們真沒防備，會輕易讓人帶兵進宮嗎？真是太天真了。他們早就設下陷阱請君入甕，一舉除掉後患，只要老五一死就沒人和自己爭位。

皇上寢宮前的中庭飄滿豔紅色旗幟，上面寫了個「東」字，表示是太子的軍隊，不論這些人以前是誰的人，如今都追隨太子，願為鞍前馬後，效一己之力。

一身鳳袍的皇后坐在綴著金色鈴蘭花的鳳鑾上，意態風流地看著大門緊閉的天子寢宮，太子站在鑾駕旁，意氣風發的仰起頭笑著，手裡拿著當年他剛做太子時皇上賞賜給他能驅邪避凶的玉龍寶劍。

這對至高無上的皇家母子以勝利者姿態自居，皇上已死，新帝未登基前，一國之母最大，就連在寢宮內護屍的五皇子也得畢恭畢敬的喊她一聲母后，如有不敬視同不孝。

所以勝券在握，有何可懼。

太子的喊聲從門外傳入，只讓皇上寢宮中的夜梓冷笑。

「太子哥哥，你要懸崖勒馬，及時醒悟，勿要再聽從母后的教唆，弒父叛國是唯一死罪，你要是再執迷不悟，只怕父皇也饒不了你。」呵呵……只是花架子的禁衛軍能敵得過真正上過戰場殺過人的士兵嗎？鹿死誰手猶是未知數。

面色冷厲的夜梓並未將兩萬名禁衛軍放在眼裡，在他看來，禁衛軍不過是京城世家為府中不肖子弟安排的去處，平時應卯，露個面而已，混個職位敷衍了事，不被說遊手好閒。

人多沒用，得有真本事，他想真要動手，外面的人肯定不夠殺，他得再逼一逼，看皇后、太子身後還有多少兵馬。

「既然叫本宮一聲哥哥，老五，本宮奉勸你，不用在那白費口舌挑撥，本宮的人早就送出消息，未時四刻父皇賓天了，你說他要怎麼饒不了本宮，倒是你，還不快打開宮門，讓我等見父皇最後一面，你霸著殿門不開是何用意。」困獸之鬥罷了，還想張狂到幾時。

「太子哥哥真是愛說笑，父皇明明活得好好的你偏咒他死，我才要問問你有何居心，居然帶這麼多人逼宮。」也算有點手段，神不知、鬼不覺的收買牆頭草。

太子一聽，不太高興的沉下臉，「本宮再給你一次機會，把門打開，本宮可以考慮留你全屍。」

夜梓的語氣分外不屑，「這話留給你自個兒用，亂臣賊子人人得而誅之，你以為你做過的事無人知曉嗎？和八荒部落勾結的證據在我手上，想讓我公諸於世是吧！」條條都是罪，太子為自身私利將百姓送予南夷，任其屠宰。

與虎謀皮，終將自食惡果。

「本宮是太子，一國儲君，父皇一死便是由本宮即位，你有什麼資格大放厥詞，對本宮指手劃腳。」一等他登基，天下就是他的，他想幹什麼就幹什麼，有誰敢管他。

「呵！你好意思自稱是太子，為君之道是愛民如子，一心為社稷謀福利，可是你做了什麼，要我一一細數嗎？」只怕他也沒臉聽，傷天害理的事做多了也怕列祖列宗來揪耳朵，無顏再見先人。

被說得面色臊紅的太子惱羞成怒，「少說廢話，成王敗寇，如今喪鐘已響，天下百姓皆知父皇駕崩，你再隱瞞還能瞞到幾時，明日百官上朝見駕，你能讓父皇親臨嗎？」無疑是痴人說夢，死人豈會復活。

他用的是夷兒梭給的祕藥，無色無味，無人察覺，連用三次才會一併爆發，毒一走遍全身只須一刻便藥石無效，四肢痙攣眼球翻白，抽著抽著就沒了聲息。

即使事後驗出中毒也找不出毒的種類，夷兒梭那邊並未給他解藥，中了毒必死無疑。

「不對，皇兒，他在拖延時間。」皇后忽地臉色難看，氣急敗壞地朝正在洋洋得意的太子大喊。

「拖延時間？」他愕然。

「五皇子的黨羽有誰未到？」她問。

太子思索了一下，神色立即變得陰暗，「風、震、惡。」

「是他？」官職不高，官威不小的狀元郎，幾次扣住太子的請款，不讓他取用國庫銀兩挪為私用。膽子不可說不大。

太子不屑地說：「他應該起不了什麼作用，小小的戶部官員而已，還能調動千軍萬馬嗎？」京中的兵馬大多掌控在他手中，連五城兵馬司也被他的人控制，風震惡上哪調兵。

皇后卻不敢小覷，一臉陰沉地說：「老五手上有三營的虎符，驍騎營、虎賁營、龍騰營，三營兵馬二十萬。」

「什麼？」二……二十萬？太子大驚。

「驍騎營就在南城外的十里處，從城外調兵到入城只需一個時辰。」而老五光拖著不開門已過了半個時辰。

太子一聽也慌了，連忙叫人攻門，「生擒五皇子，官升三級，賞銀萬兩，若是死了，本宮封萬戶侯，賜五進大宅和皇莊一座，田地千頃……」

「是——」

重賞之下必有勇夫，精神抖擻的禁衛軍個個亢奮得很，合力推倒門庭石柱，再抬起柱子撞門，一下又一下，喝聲入雲霄。

跟夜梓一起待在宮中的司徒渡聽著外頭的聲響，衝到夜梓身旁，焦急地詢問，「五皇子，我們是攻是守？」

眼看敵軍就要破門而入了，他們不能再坐以待斃，乾脆衝出去做殊死戰。

「再等一等。」夜梓神色平靜地回到寢殿內，坐在龍榻旁，靜看皇上彷彿睡著的容顏，他心中說不出是悲痛還是哀戚。

「還要等多久，再等太子的人就要進來了。」他們可以戰死，不能憋屈死，太窩囊了。

「等！」

司徒渡險些要跳腳了，真是急死人了，太子都快殺到眼前來了，五皇子還如入定般無動於衷，莫非是怕了對方的氣勢，未戰先怯？

須臾，一個虎賁營士兵衝進來。

「報，宮門被破。」

夜梓目光一閃，拿起手邊的配劍，「跟本皇子殺出去，用太子的血送父皇一程。」

「是。」

司徒渡這才鬆了口氣，和其他人齊聲大喊，跟著夜梓往外衝去。

夜梓等人士氣大振，勢如破竹，殺得剛衝進寢宮的禁衛軍幾乎無還手之力，很快地，一地的屍體，血流滿地，將白玉地磚染紅了，鮮豔刺目。

宮門外躺著重達數百斤的石柱，手持刀劍的士兵一擁而上，面對人數眾多的禁衛軍也無所畏懼，來一個，殺一個，來兩個，湊一雙，不怕死的儘管來，殺蠻子都不手軟，何況是沒見過血的軟腳蝦。

「去，把本宮的私軍也調來，就不信他們能以一敵十。」見到禁衛軍節節敗退，太子仍無憂色，調動東宮私兵。

一會兒，三萬銀甲軍浩浩蕩蕩出現，將已有傷亡的虎賁營士兵重重圍困，他們的武器可見較為精良，閃閃發光，叫人見了心生膽顫，不自覺的怯戰。

「老五，讓哥哥給你送終，你一路好走，去地底和父皇團聚。」太子一說完，做了個「攻」的手勢。

太子私軍衝進虎賁營士兵陣型中，對著兵士一陣砍殺，為了拉開被三人夾擊的司徒渡，夜梓手臂上被割了一道傷口，他換另一手持劍還擊，一把三尺長劍卻往他胸口一刺。

死定了，正中心口。

兩方人馬都這麼認為，一邊驚恐，一邊歡喜，但是……援兵到了。

「沒我的允許他怎麼能死呢？小心眼的，你欠我一條命，我施恩望報，記得還……」

一顆黑色頭顱高高飛起又滾落在地，飛濺而起的鮮血濺了夜梓一臉，他不怒反笑，一腳踢向擋在他面前的男子。

「這麼想我死呀！現在才來。」可惡，差點把膽嚇破。

風震惡回頭一笑，咧開嘴，露出八顆白牙，「你還好意思指責我，我是文官，你知道什麼是文官嗎？是拿筆的，不管兵戎將士，我哪曉得武將的營區在哪裡，下次畫張地圖給我，省得我無頭蒼蠅瞎找，要不是我有點身手，你死了我都找不到人。」

夜梓大笑，搭著他的手臂起身，「少廢話，給我開路，我要活捉太子，讓他給父皇守陵。」

「不殺他？」縱虎歸山，後患無窮。

「不殺。」留個賢名。

「隨你。」他們兄弟的事，旁人插不上手。

風震惡先天劍訣一出，不見血濺先見人往後倒，前排十數人立時斃命，死時猶待錯愕，不知因何而死。

一個個銀甲軍倒下，夜梓和他的大軍一步步逼近，離皇后、太子越來越近了。

「風震惡——」咬牙切齒地說完，恨意滔天的皇后咬著下唇，又是風震惡壞他們母子大計，他和他的妻子溫氏簡直是兩隻甩不掉的吸血蛭，每次只差臨門一腳之際便會鑽出來破壞，讓人功敗垂成。

「哎呀！皇后娘娘，妳怎麼一下子老了十來歲，節哀順變，別因皇上賓天而想不開，決定殉葬以彰顯妳和皇上的恩愛不渝，生死相隨。」一劍血花飄的風震惡起手一落又是十幾條人命，他臉上笑著，眼底卻冷若千年堅冰。

他不想殺人，當年習武只為自保，以及保護他所愛的人，沒想到有朝一日他讓師父送他的劍哭泣了，流出血淚。

「放肆，小小五品官也敢諷刺本宮，真以為本宮走投無路了，你們這些小輩還是太嫩了。」她一招手，皇宮屋頂上忽然立起一道道背弓的身影，動作極快的取箭上弓，拉弓，箭矢直指下方。

「嘖，最毒婦人心。」風震惡扭頭問向夜梓，「你讓我帶來的十萬大軍還在皇宮外頭，要讓他們進來嗎？」

雖然會死不少人，至少有一半的人回不去，但一定能拿下眼前的母子兩人，皇后和太子是豁出去了，不達目的不會死心。

夜梓看著與他並肩作戰的男人，心中感動萬分，「你能解決上面的弓箭手嗎？」

聞言的風震惡像要活活掐死他似的瞪視，「你眼睛沒瞎吧！瞧瞧上頭有多少人，沒一千最少也八百人，你讓我以身餵箭，你這人的心到底有多狠，還是個人嗎？」

夜梓一啐，「大男人像個娘兒們愛嘮叨，要是不把他們全擺平，只怕我們一個也逃不了，你想回去見溫顏吧！」

「這……」風震惡的心思被說中，此時他最放心不下的便是懷孕的妻子，他更怕她不好好待在家，跑來找他。

「趕快了結，你就能丟下所有混亂回家去，我見過你的先天劍訣中第九式，毀天滅地，你何不滅天一回。」夜梓說話時神態近乎冷酷，他只要結果，不在意過程，鮮血和白骨成就他的一代帝業。

風震惡睨了夜梓一眼，冷哼，「能不殺人就不殺人，上天有好生之德，不過，擒賊先擒王，捉住太子，一切就結束了，不要再造殺孽……」

一說完，他像風雨中的雷電，眨眼之間，便掠向了太子……

第十二章　夫妻雙雙把家還

風震惡的手就要碰到太子之際，忽地一道冷意朝他胸口襲去，感到寒意陣陣的他立即閃開，掌風打在他身後的銀甲軍，那人立即吐血倒了下去。

又是一掌襲來，他再閃，一人抱的石柱多出一道凹進柱子裡的五指手印，印子還隱隱結了白霜。

「寒冰掌？」風震惡說話的同時，目光掃向敵人，有著花白頭髮的老者看來並不年輕，但面皮白嫩光滑，像是二十出頭的青年，唯有滄桑的眼神看出他的年紀。

老人皮笑肉不笑，「好眼力，竟能瞧出老夫練了四十年的寒冰掌，後生可畏。」可惜命不好，是短壽之人。

「前輩過獎了，不過你的寒冰掌破綻太多，是個人都能輕易破解。」風震惡輕甩黑髮，一副游刃有餘，還有興致聊天的樣子。

「找死。」

被一個小輩看不起，老人如何能忍，他使出十成功力，要將人一掌擊斃，誰知掌風一出，忽然感覺有東西襲來，他沒多想的接下，一看是顆紅色石頭。

初握不覺燙手，但是手一放開，手心居然燒出銅錢大小的焦黑傷疤，痛意入骨，好似整隻手臂都要燒起來似的。

「前輩！玩石頭嗎？我還有很多。」風震惡又掏出幾顆紅色石頭在手上拋擲，但是仔細一看，他拿著石頭的手套著火紅色手套，那是只在熔岩山脈附近出沒的火狐狸皮毛，火狐狸不畏火，故而用牠的皮毛取烈火石不會灼傷。

「你……你卑鄙無恥，竟然用上暗器傷人？」他的寒冰掌竟然傷不了他，這小子究竟是誰，師承何人。

風震惡取笑，「只准州官放火，不許百姓點燈，你都能傷人了，為何我不能傷你。」

老人看了不遠處的夜梓，眼神陰沉，「原來他的寒冰掌是你解的。」高人不入世。

「不是我。」他不搶功。

老人微訝，「是誰？」

「我家娘子。」風震惡頗為得意地仰起下顎。

「女人？」他面露輕蔑。

風震惡見老人瞧不起妻子，一顆紅色石頭又彈指而出，襲擊老人，「我娘子一根指頭就能輾碎你。」

「大話。」老人冷嗤，打出一掌將烈火石打飛。

「東方叟，還不殺了他，你是沒本事還是老了，要是殺不了就留給本宮的弓衛。」皇后想速戰速決，不耐煩等候。

東方叟是東方問的祖父，早年東方叟和皇后的姊姊有過一段男女情事，但此事因門不當戶不對無疾而終，皇后胞姊為不得所愛而跳湖自盡，東方叟自覺欠了一份情，因此才會和皇后合作，一來是為還情，二來是有利可圖，三則讓孫子東方問順利進入官場，得貴人扶持，然而東方叟骨子裡是看不起女人的，此刻被皇后命令，脾氣也上來了。

他陰惻惻地說：「殺不殺是我的事，少在那指手劃腳。」

皇后主政已久，被人捧慣了，哪裡能容許別人對她無禮，一聽他毫不恭敬的喝斥，當下怒火中燒，「來人，放箭。」

放箭？

東方叟大怒，「妳在幹什麼，想把我一起射死嗎？」

「本宮不留無用之人。」沒辦法將她交代的事辦好，就該死了。

箭如雨下，但大多數的箭還是朝著風震惡而去，東方叟趁機脫身，來到皇后身邊，此處最為安全。

箭實在太多了，密密麻麻，來了一波又一波，旁人想上前幫忙都會被攔截在箭陣外，弓衛的目標只有一人——風震惡。

這景象把傷勢不輕的夜梓、司徒渡急到不行，想讓宮門外的龍騰營衛士進來擋箭，犧牲兵士的性命救出風震惡，只是他們也出不去，只要一有動靜，上面的箭便會往下射，誰敢動就射誰，以致沒人敢動。

眼見風震惡已中數箭，雖不在要害也是傷，兩人更加焦慮，身上若插滿箭像刺猬一般，人還活得了嗎？

就在眾人著急的時候，上空忽然傳來一聲又一聲的慘叫聲，隨即是重物落地聲。

「我的男人你們也敢動，活得不耐煩了……」

女子的嗓音輕柔，卻詭異的傳得很遠，傳進眾人耳裡，大夥兒四下張望，就聽又是幾聲痛呼，然後有人沿著屋頂滾下，墜落地面。

一個個弓衛落地時已經氣絕身亡。

「是誰，給本宮出來。」皇后大叫。

「妳說出來我就出來，那我不是太沒面子了。」隨著說話聲，貓似的影子一閃而過，又有人死了，屍體落地。

「妳敢殺本宮的人，本宮讓妳死無葬身之地。」她已經拿出最後的底牌，不能再有失誤。

「妳都要殺我的男人了，我還不能殺妳，妳有多大的臉呀！」一張臉皮勝過三座山，京城高牆不及她臉皮厚度。

「妳想殺本宮？」好大的膽子。

「為何殺不得？」人不犯我，我不犯人，人若犯我，山高水長埋骨處。

「妳知道本宮是誰嗎？」她怒喝。

「皇后……收禮。」禮字一落，一物倏地飛至，插入皇后的鬢髮間，將她頭上的九尾鳳釵射成兩截。

「妳……」皇后倒抽了口氣，臉色煞白。

「想活命就別再作怪，我要妳的命易如反掌，」

黑影倏然掠過，咻咻咻的聲音過後，皇上寢宮中庭又多數十具屍體，他們明顯的傷痕是眉心一點紅斑。

「不要再裝神弄鬼，給本宮現身，以為使點小手段本宮就束手無策了嗎？」她向東方叟一使眼色，要他將人找出，除之後快。

弓衛停止拉弓射箭，每個人都心神不寧的看著左右，想知道是誰身手這般了得，在他們身邊出沒卻無人發現。

而此時的夜梓也悄悄靠近風震惡，將他身上的箭削斷，留下小指長箭身，以指點穴暫時止住失血，而後用兩人才聽得見的低聲說：「溫顏？」

「是她。」風震惡無奈。

夜梓咬牙，「她怎麼來了，你沒告訴她宮裡危險嗎？」大家的用心良苦她完全體會不到，非要以身涉險。

「說了。」不止一遍。

「那她為什麼還是來了？」夜梓瞪著風震惡，肯定是他沒說清楚，她才以為有戲可看，前來湊熱鬧。

風震惡沉下臉，「她要是肯聽話就不是溫顏。」

「無能。」夫綱不振。

「廢物。」沒他出手，世上早沒了五皇子。

夜梓一瞪眼，「想辦法把她弄下來，上面的人太多，她一個人不可能應付得完。」目前還沒被發現尚可故弄玄虛一番，若是讓人察覺了，只怕在劫難逃，那些弓箭手不會放過她。

「沒見我在想辦法了嗎？那是我娘子，我比你更著急。」何況她還懷著孩子，一點損傷也不能有。

可是關心則亂，兩人越想讓人安然無恙的落地，腦子越是一片空白，怎麼想也想不出萬無一失的法子，心裡憂慮不安。

然而，東方叟已經找到溫顏了。

「在那裡，一名女子。」

「射箭，把她給本宮射成篩子。」皇后語氣陰毒，她要她死。

百箭齊射，朝向縱身一躍的溫顏。

「不，顏兒——」風震惡大喊。

溫顏快如閃電，再快的箭也追不上，縱身一跳，箭箭落空，她轉身正想避過第二波箭雨，一道冰冷掌風朝她面上而來，她自知躲不過，反手開啟機關，數百支黑羽朝來者射出，她這是打算玉石俱焚……

「想動老夫徒兒還得先問過老夫。」

白髮飄飄如同仙人的老者從天而降，白眉、白鬍，一身的白，超凡脫俗，只見他手腕一翻，一掌拍出——

「啊！」東方叟感覺自己被一堵牆撞到，他倒著往後飛，撞到宮牆，啪地滑下，口吐鮮血，全身骨頭斷裂，且他身上插滿黑色羽毛，羽毛沒入他的身體中，只留羽尾歡快的抖動。

「老頭，你來了，我……唔！肚子，好疼……」本來踩在屋簷穩住身體的溫顏忽然臉色發白，一陣寒意鑽進身體裡，猛烈的抽痛讓她如風中的落葉往下掉。

「丫頭……」

「娘子——」

「溫……」

特別顯眼的白衣瞬間移動，季不凡接住痛到快失去意識的溫顏，只慢一步的風震惡也神色慌張的趕至，唯獨伸出手輕喊的夜梓沒動，他雖焦急卻也知道輕重緩急，他有他的責任要負，無法走錯一步。

「老……老頭，孩子……你幫我……保……保住他……」一說完，她兩眼一閉，失去了意識。

「娘子、娘子、顏兒，妳醒醒，妳不能有事，妳……別丟下我，我一個人走不下去……」看著雙眼緊閉，面白如紙的妻子，風震惡頭一回感到心慌，急得眼眶都紅了，喉間發出野獸般的低嗚。

「別在一旁鬼哭神嚎，我給她瞧瞧，這丫頭福大命大，沒那麼容易見閻王。」眉頭微蹙的季不凡三指輕放，診其脈象，指尖的脈動讓他白眉一擰，立即取出天山雪蓮所製的藥丸讓她服下。

「師父，娘子她怎麼了，你快告訴我，我……我真的不能沒有她……」風震惡握住妻子的手不肯放開。

嫌他礙事，本想一掌將他揮開的季不凡看見他臉上的悲切和深情，暗暗嘆了口氣，由著他哭嚎，淡淡解釋，「動了胎氣。」

「什麼？」風震惡大驚，想到孩子，心頭更痛。

「她被寒冰掌的寒氣掃到，這一胎艱難，要麼拿掉，用藥浴治療祛除寒氣，要麼保胎，直至生產，你們有可能只有這一個，子嗣……有點困難。」他沒有說絕，保留餘地，醫術這一塊他並不擅長。

風震惡眼神瞬間充滿戾氣，欲殺了東方叟報仇，但是他更在意妻子，「師父，只要對娘子好的我都無異議，就算一生無子也甘願，她……是我的命……」

他以手覆眼，無聲的落淚，一滴一滴的淚水從指縫間滑落，滙成地上的濕潤，一向不喜他的季不凡也動了不捨，朝他肩膀一拍。

「找個地方讓她歇歇，為師再為她瞧瞧，醫者不自醫，若動了胎氣的人不是她，也許她能用銀針把寒氣逼出體外，可惜……」她救得了別人，救不了自己。

「師父，我家，你跟我來，娘子她……」

風震惡想接過妻子，自己抱著，但是季不凡輕哼了一聲，像抱小嬰兒似的抱著昏迷不醒的徒弟——這小子自己都受傷了，逞什麼強。

「帶路。」

「是，師父。」他以手背抹淚，目光沉沉。

師徒倆離開血氣衝天的修羅場，不問不看誰得到最後的勝利，他們心裡充塞著一個溫顏而已，看不見其他人。

而中庭兩軍仍在廝殺，誰也不知，太子早在皇后下令放箭時就覺得情況不妙，偷偷逃離戰場，回到東宮，要從密道離開。

但是他也不曉得，和他有仇的段輕煙一直隱身在暗處盯著他，他一走，剛好給了她機會下手，她悄然無聲的尾隨其後。

當溫顏再醒過來時，她躺在自家的架子床上，天氣熱，離她甚遠的窗邊，有個冰鑒裝了冰堆成的小山，窗外的風往內一吹，帶來冰山的清涼，讓屋裡涼爽卻不會傷著孕婦。

「溫顏姊，妳醒了。」一名長相清麗的女子走近，琥珀色雙瞳染著喜悅，手上端著冒著熱氣的藥膳。

「妳……輕煙，妳怎麼來了，阿惡呢？」她最想見到的人……呃！不對，她好像看到老頭子了。

一說到風震惡，段輕煙放下藥膳掩嘴偷笑，「妳師父說他武功太差，連妻小也護不住，捉著他去練功，你們府中又無長輩，妳也沒什麼走得近的女眷，風二哥便讓我來照顧妳幾天，給妳弄弄補身的補品。」

「他的傷……」溫顏心急的問。

「不礙事了，妳家一堆的藥還怕他好不了嗎？不過……」一說到這，段輕煙又格格的笑起來。

「不過什麼？」急死人了還吊她胃口。

段輕煙扶她慢慢坐起，再舀了一勺湯吹涼再餵她，「妳師父說了，當徒弟的理應孝敬師父，所以把妳放在藥房的藥都收了，用一口大麻袋裝著。」

「我的藥用……麻袋裝？那個死老頭沒長腦呀！暴殄天物，那可是我用珍貴的藥材煉製的，每一樣最多不超過三瓶，他就這麼給我打劫了。」怒火中燒，讓溫顏一下子恢復了精氣神，中氣十足地大罵。

那老頭不出天山則已，一下山就四下打劫，專宰熟人！

「打劫……」老神仙打劫？段輕煙聽得又忍不住笑了，安撫著她，又繼續餵她吃東西，「溫顏姊冷靜點，別太激動，小心肚裡的孩子。」

溫顏想起先前的腹痛，神情一變，以手心輕捂小腹，「我的孩子沒事吧？之前痛得厲害。」

「老前輩說多休息就能保住，讓妳在孩子出世前都不要像猴子一樣東蹦西竄，好好養胎。」老神仙還說了一堆罵人的話，她不好說出口，以免影響孕婦的情緒。

「他才是猴子，尖嘴猴腮沒個人樣，以為扮成仙人就真的成仙了嗎？」撫著肚子，溫顏是感謝師父幫她保胎的，罵人的話也就變成了嗔怪。

段輕煙好笑的收拾吃完的碗匙，「妳不知道有多少人羨慕妳，人在福中不知福，聽說天山老人已經三十多年不曾收徒，妳和風二哥竟被他看上，還是親自傳授，不少武林人士也想來拜師學藝。」

「妳怎麼叫阿惡『風二哥』，我聽著不習慣。」是不是有什麼她不清楚的事發生？

驀地，段輕煙粉頰飛紅，「我……呃！好羞人，我和世子爺要……要成親了……」

她又羞又臊，整張臉紅得像掛枝的熟櫻桃。

「世子爺是誰？」溫顏一下子變傻了。

段輕煙跺著腳，以為溫顏在取笑她，「不許捉弄人，世子爺還有誰，武周侯府的那一個。」

「啊！妳是說司徒渡呀！」她想起來了，她一向連名帶姓的喊人，一時忘了他也是勳貴，難怪輕煙改口喊「風二哥」，跟著夫君喊人。

「妳別說了，挺害臊的，他說要請旨賜婚，讓侯爺接受我，畢竟我曾是叛王之女……」

她爹淮南王也死了，在押解回京途中被毒蛇咬了而沒人發覺，臉色發黑了押送官才曉得人已死去多時。

「誰賜婚，皇上不是剛駕崩。」溫顏楞楞的，也不知道是不是昏睡的關係，她的記憶有些缺失，腦子也轉得慢了，少了往日的聰明勁。

「新帝。」一道男聲愉悅的響起。

「新帝？」改朝換代了。

人家恩愛不好礙眼，段輕煙悄然出屋子。

而風震惡進屋，先看了一眼離得遠的冰鑒，確定屋內不會太寒涼才緩緩走向妻子，伸手環住她，「五皇子登基了。」

國不可一日無君，朝臣們便是以這個理由奉承夜梓，拱他坐上皇位。

「這樣啊……」夜梓算是得償所願了，他們也能功成身退了。

「先帝停靈七七四十九天，由皇覺寺和尚為其誦經，三品以上官員女眷進宮哭靈。」算他會做人，若讓身懷六甲的妻子每日入宮跪先帝，哭得死去活來，他會是史上第一個打皇帝的人。

「你沒加官晉爵？」她打趣。

他冷嗤，表示不稀罕，「要等先帝入皇陵後再封。」

「從龍之功，這下子你可得意了，可以在文昌伯面前炫耀了。」說上兩句酸話，讓人瞧瞧有出息的子孫，卻不屬於文昌伯府。

「他死了。」風震惡面無表情的說著。

「嗄？」溫顏愕然，難以置信。

風震惡平鋪直敘地說：「那一日家家緊閉門戶，唯獨文昌伯府的老虔婆打開大門，想看門外情景，弄清是誰搶得先機登基為皇，一群市井流氓見狀起盜心，便蜂擁而入洗劫一番，文昌伯不欲讓對方拿走財物而大聲喝斥，其中一人將他推倒撞到桌面，人就去了，老虔婆瘋了，放火燒宅子。」

這樣也好，一了百了，他也不用兩難要不要拿回文昌伯府，畢竟那個地方讓他覺得噁心，燒成灰燼的杜月娘是報應，文昌伯是寵妾滅妻自食惡果，兩人虧待了兩個嫡子一輩子，最後無人送終。

「人死了就算了，恩恩怨怨一筆勾銷，以後有我陪你，還有我們的孩子。」溫顏捉起他的手往小腹一覆，一家三口都在，他們的心連在一起。

「嗯，有妳和孩子我今生便無遺憾了。」他澀然一笑，但眼中充滿美好將來的期望，光采熠熠。

「你無憾，為師倒是有一肚子不滿，叫你練功不練功跑來偷懶，和丫頭膩歪，你有把為師的放在眼裡嗎？」大逆不道，才學幾招功夫便驕矜自大，自以為天下第一。

季不凡神出鬼沒，陰惻惻的聲音在風震惡背後響起，把他驚出一身冷汗。

風震惡回頭，討饒地說：「師父，你讓我陪陪娘子……啊！師父，你別點穴，我動不了……」明明無一物，他身子卻動彈不得，似有無形的繩索將他連綁三圈。

「有本事，你自己調動內力衝破穴道，你自己解了穴，我今天就放過你。」

風震惡苦著臉，「師父，你這是為難人啊！」

「覺得為難就給為師好好練功，等你到了為師這等功力，飛花摘葉皆可傷人。」他做了示範，輕輕一揮手，小山狀的冰瞬間碎成細冰。

他驚訝的睜大眼，「徒兒要練上幾年？」

「你媳婦十年可成，可是懶，而你嘛，再練三十年或有小成。」資質太差，朽木難雕，季不凡一臉嫌棄。

「啊！三……三十年……」他都老了。

季不凡冷哼，扯著風震惡後領就往外走，他解不開穴道，只能任由師父擺佈，他哀怨地看著妻子，卻見妻子促狹地對他眨眨眼，無聲地說了句——

好自為之！

「朕賜你一字並肩王的身分，與朕同享尊榮，再賜親王府邸一座，黃金萬兩，良田千頃，皇莊兩座，金銀珠寶若干，三箱東珠、皮毛、藥材……」夜梓論功行賞，在與太子的決戰中，風震惡功不可沒。

風震惡拒絕得飛快，「我不要。」多大的腦袋戴多大的帽子，他不能再被皇上坑了，這廝太陰險了，專做暗地陰人的事。

「你不要？」夜梓挑眉。

「喔，藥材留下，給我娘子，其他你收回，我用不上。」

宅子，夠住，師父說他們只有一個孩子，所以不用太大。

金銀珠寶……風震惡有點汗顏，他去抄家時昧下不少，因此府中的庫房早已裝不下了，而且最好的他先挑走了，怎好拿皇上次好的，哪天被秋後算帳，還真是說不過去。

田地……他娘子更狠，一口氣拿下大半被抄的田畝上萬頃，先皇后娘家和東方叟、東方問的九族實在太會藏富了，一被抄家竟然抄出堪比十座國庫的家產，讓夜梓一登基便國庫充盈，他頒佈的各項政策得以開展，還免稅三年。

對於百姓，夜梓留下令人讚譽千古一帝的仁德政績，對於敵人，他卻是心狠手辣，除了東方叟斃命宮變當夜外，東方家一千兩百口流放西疆，而先皇后娘家人也被削爵去官，趕出京城，終身不得回京。

太子妃等東宮女子遣返原籍，三年內不得二嫁，之後入寺為尼或再聘二家，朝廷不管，但前者年有供奉，一年一千兩白銀，由皇家出銀子養著，而後者則脫離皇室，依附夫家。

至於廢太子……應該說圈禁吧！他的下場頗為淒涼，被挖眼、削鼻、割去舌頭，僅兩名小太監侍候，住在帝后陵寢旁一座皇家別院之中，美其名是守陵，先皇后遺言。

想要成為世間最尊榮的人，卻只有白綾一條陪她走完最後一條路，不甘落敗的先皇后選擇自我了結，她不能忍受別人對她的笑話，一日夜裡屏退宮女懸梁自盡。

「為什麼不要？」夜梓臉色有點難看，他大賞功臣卻被駁回，打臉打得太響了。

「怕功高震主。」他坦言不諱。

坐在龍椅上的年輕帝王被他這話氣笑了，「朕怕你功高震主？你有多大的功勞能威脅朕的帝位。」未免太看得起自己，要不是娶了個旺夫的好娘子，他還是翰林院六品修撰，咬牙苦熬往上爬。

風震惡搖搖頭，「這就難說了，若是若干年後你子孫不孝，再起什麼不軌之心，說不定還得我……呃！還得臣出手相助，到時臣已位極人臣，皇上封無可封，還不猜忌你那張龍位不穩。」

現在皇帝也許還信賴他，但十年、二十年後呢？多疑是身為帝王的通病，很少有人能避免，一有疑心便沒完沒了，折磨自己也令親者痛心。

想得遠的風震惡不敢心存僥倖，他不能去賭夜梓在成為皇帝後不會變，他只能先打點好後路，要是有一天京裡待不下去了，官位不高的他還能申請外放，遠遠避開以免招禍。

再不濟也能一家三口遠走他鄉，大不了上天山找師父庇護，以他和妻子的輩分在天山是橫著走，就算想撈個掌門當當，底下的徒子徒孫還是得規規矩矩的跪下磕頭。

因此要個「一字並肩王」做什麼，到時想走走不了，還得替人做牛做馬做到死，勞苦功高的下場是大廈傾倒，抄家滅族，比如今日的先皇后娘家，東方一族，他們就是做得太多了，皇家人容不下。

夜梓臉皮抽動，氣到想踹他一腳，「你倒是替朕設想良多，連幾十年後的事也考慮周詳，要不首輔的位子還空著，你來坐幾年，朕好看看你的斤兩，看你如何功高震主。」

他一聽，苦了臉，「做不了，娘子快生了，我得陪她。」

一說到即將生產的妻子，傻爹風震惡笑得嘴闔不攏，一副眼中只有妻子的模樣，看得皇上非常刺目，想把他愛家、愛妻、愛女的笑臉掀下來，只剩下血淋淋的血肉。

「那你說，朕該給你什麼官做？」

夜梓說這話，用意是當臣子者識相點，不要和一國之主反著來，不過風震惡不知是聽不出話中意，還是故意裝傻，他一臉為難的說——

「大司農吧，我娘子說想種田去。」

「種田……」夜梓當下氣得肝疼，種田這種事需要當官才能做嗎？找幾戶佃農就能把地種好，用不著大才小用。「農務歸戶部管，你就當戶部尚書，官居二品。」

「皇上，臣年紀尚輕……」不足以擔當重任。

夜梓知道他的脾氣，根本不讓他開口說話，緊接著又頒佈一條詔令，讓人拒絕不了。

「封戶部尚書風震惡之妻溫氏為一品誥命夫人，太醫院榮譽講師，賜令牌一枚，得以進出皇宮藥房而無須通報。每月一回進宮為皇上診脈，賞一品夫人俸祿和四節禮……」

「等等，為什麼臣才二品，娘子是一品，臣不是矮了一截？」沒有這麼玩的，皇上的惡趣味太損了。

「一字並肩王是超品，你要不要？」敢在他面前討價還價，活該他該當龜孫子，地位低於妻子。

風震惡認真想了一下，還是把頭一搖，「不了，官大責任大，臣還是數數銀子，給臣的娘子開後門……」

「開後門？」

「拙荊在京裡開了七、八間鋪子，城外還有田地和莊子，臣在戶部可以幫她盤算盤算，年底盤帳時還能徇個小私，把下屬派去給她當帳房，她結起帳來快多了，又不用付銀兩……」朝廷支付。

「風震惡——」當著他的面貪瀆，徇私枉法，真當他死了不成。

風震惡苦惱地為君「分憂」，「要不給臣閒職，點個卯就走，臣沒有權力也就不能胡鬧，你不用見到臣說不定還能長命百歲。」

「你的意思是朕長了一張早亡相，八字不重龍命輕，才會被你這妖孽氣到。」他笑得咬牙切齒，額上一條條浮動的青筋，可見他是多有肚量的仁君，都被氣壞了還沒治罪。

「怎麼越說越偏了，都成妖孽了……」風震惡小聲的嘀咕，不懂皇上為什麼一定要將他往高處送。

為什麼呢？

其實也很簡單，若沒有風震惡和溫顏兩人，夜梓早就死了，連一個追隨在他身邊的武周侯世子都躍身一變為今日的靖王，那當日的救命之恩和從龍之功能不給厚恩重禮嗎？

更甚者，他想讓風震惡為他所用，成為他手中一把無往不利的刀，指誰打誰，平定太子餘黨，消弭朝中雜音，為他保駕護航，讓他走得更穩、更長久。

「朕欠你個人情，戶部尚書一職由你擔任，再賜你定國公爵位，世襲罔替不降爵，朕潛邸一座為定國公府，欽此，下去領賞吧，朕不想再聽見你的聲音……」

聽多了，心煩。

「皇上……」人家不要不能強塞呀！我們可不可以不領賞，你的潛邸被你的女人們搞得烏煙瘴氣，看來大氣，實則華而不實，金玉其外卻不實用，我和娘子看不上。

風震惡將實話放在心裡，沒機會說出口，勉為其難的收下，又和妻子商量了數日，兩人創下史無前例的壯舉，讓章皇后和司貴妃臉色黑到不行，而夜梓氣個倒仰。

他們把原五皇子府給拆了，夷為平地，原地重建高閣畫樓，亭台水榭的江南屋舍，水是城外河川引進的大湖，假山成片用的是太湖石，花草樹木皆為藥用，有的還帶有劇毒，花團錦簇一片又一片，美不勝收。

總而言之，那不是定國公府，而是一座藥圃，兼國公夫人閒暇玩的機關房，閒雜人等若想進府先通報，要不被弄死了，或是被困在機關裡出不來，套句國公夫人的話——概不負責。

「煩死了，皇后娘娘又宣我入宮，說要和我聊聊如何討皇上歡心。」她能說直接閹了省得貓叫春嗎？

又不是她的男人，問她這些簡直過了頭，章皇后已經貴為國母了，還有什麼不滿足，難道還要九五之尊跪倒石榴裙下，像條狗般任其擺佈嗎？

溫顏實在不懂後宮女人在想什麼，當初是她們心甘情願為了權勢入宮與人分享丈夫，如今得償所願了又想像民間夫妻一樣，你儂我儂，鶼鰈情深，最好一生一世一雙人，再無其他人介入。

想要高高在上，又要兩情相悅，世上的好處都想佔遍又不願吃虧，哪有這樣的好事。

「皇上又找妳了？」不然皇后不會妒性大發，尋著由頭找顏兒麻煩，順便擺擺皇后的架子，後宮女子太清閒了，該為她們找點事做。

「我沒去，說我身子不適搪塞了。」時不時的宣臣子之妻入宮，他不怕惹出閒言閒語，她還擔心沾上一身腥。

「不去，別慣著他，以為他是皇上就能為所欲為了，咱們不理他，」末了，風震惡關心的握握妻子的手，「妳最近臉色不太好，是不是真的身子不適，要不招太醫來瞧瞧？」

「不用，我只是有了。」她抿唇低笑。

「有了？」什麼意思。

見他沒聽懂，溫顏捉起他的大手往腹上一放，「有了他。」

「有了他……啊！什麼，有了……孩子？」他本是沒在意，但一聽明白妻子的話意，他欣喜萬分的跳起來，兩眼睜大，一會兒又怕動靜太大驚著了孩子，壓低聲音說話。

「瞧你，一驚一乍的，又不是頭回當爹。」月兒都四歲了，也是時候添個兒子。

風震惡眼中泛著淚光，「那年妳受傷，師父說我們這輩子不可能再有第二個孩子，我以為……以為……」

她一啐，「聽那老頭說瞎話，你居然信他，醫術這一塊我不知強他幾百倍，他是在糊弄你。」

糊弄不糊弄他不在乎，他只知日後肩上的擔子又重了。

沉吟片刻，風震惡認真地說：「娘子，我們該走了。」也得跟師父說一聲，這些年，為了教月兒功夫，師父大多的時間都待在府裡，師父說，小丫頭繼承他們的優點，卻沒繼承缺點，他十分滿意。

她看了他一眼，「決定了？」

他點頭，「嗯！」

溫顏微微勾唇，「嫁雞隨雞，嫁狗隨狗，你說走就走唄，反正我的行李只有你和孩子。」其他無須眷戀。

一個月後，皇宮選秀日，十五歲到十八歲的少女一字排開，個個美得跟園子裡的花兒似，又柔又媚又嬌，無不惹人憐。

皇上心情頗好的賞花、賞景、賞美人，渾然不知他的肱骨之臣早已帶著妻小連夜離京，從此山高水長，不復相見……

【後記】魚

寄秋

秋以前養了好幾盆孔雀魚，一次超級寒流後，對牠們造成了大滅絕，連有遮陽棚、女兒牆的陽台角落，一人抱大水盆裡的魚也死光了，一條都不剩，秋心疼了，發誓再也不養魚了。

大小水盆六個，死了好幾百條孔雀魚吧！光是撈魚屍就撈得秋快哭了，哪有心思再養。可是有一天去了夜市，撈魚的小販又出來擺攤了，不撈用買的四條五十元台幣，秋看了看，走開。

改天又來擺攤，再看，魚長得好看，真想買，但是一咬牙，還是沒買。

如此反覆了七、八個月，秋心中的魔鬼說話了，秋一時鬼迷心竅對魚攤老闆說：「買五十元。」

原本是四條，老闆撈了七、八條給秋，秋想，不到十隻繁殖力應該不強吧，等這一窩生小魚再撈到其他水盆放。

結果秋錯了，孔雀魚太會生了，不到一個月，水盆裡少說五、六十隻小魚，不到半個月長大了不少，秋撈了一些放在其他的水盆，分散開來看，數量比較不會那麼驚人。

半年後，可怕的事發生了，

魚滿為患，水裡全是魚，比大滅絕前的數量還多。

秋撈了好幾次，一次幾十隻的送人，魚還是這麼多，多到秋看了都會怕，萬一來不及餵餓死了，秋不就成了凶手？

突然間，秋的心理壓力很大，魚成了秋的陰影。

在公婆眼裡，她這代嫁王妃是母憑子貴，
在夫君眼裡，她卻是靈魂伴侶，只要她一人！
絕情白月光意圖吃回頭草入王府當妾？
公孫茉（挺孕肚）：休想！
逃婚真公主意圖戳破她是冒牌貨毀她幸福？
公孫茉（挺孕肚）：……我超怕QAQ
敬王：放心，有我在，必定護妳平安！
嗯
簡薰——著
好孕王妃
全一冊
藍海製作有限公司　郵撥帳號：50135261
新月購物市集：shopping.crescent.com.tw

藍海系列

藍海系列E112201

《不當反派當賢夫》

身為定北侯府的大少夫人，姜眠除了要照顧雙腿殘疾的夫君沈執，
還肩負系統賦予的偉大任務——不讓他誤入歧途變成反派角色！
於是她想辦法弄來輪椅，以免他成天躺在床上胡思亂想，
有不長眼的前來挑釁，她就一副護崽子的模樣衝上去把人趕跑，
經過一番努力他終於重拾自信，恢復往日做大將軍時的威武霸氣，
暗中聯絡舊部尋找當年戰敗的真相，揪出幕後黑手二皇子，
順帶將害死他母親的無良家人狠狠打入谷底，簡直帥呆了，
但在她面前他依然是純情少年郎，總會因為她的逗弄臉紅心跳，
原以為兩人會永遠維持這種最佳室友的生活模式，殊不知他學壞了……

10月20日 來把夫君變善良！

藍海系列 E112401

神醫養夫

BLUE OCEAN

藍海

作　　者──寄秋
總 編 輯──徐肖男
副總編輯──王絮絹
編　　輯──陳俋之、蔡佳芸
排版編輯──張維珊
出 版 社──藍海製作有限公司
社　　址──台北市文山區興隆路二段22巷7弄2號
電　　話──（02）2930-1211（代表線）
電　　傳──（02）2930-4159
郵撥帳號──50135261
網　　址──http://www.crescent.com.tw
客服信箱──order@crescent.com.tw
總 經 銷──功倍實業有限公司
地　　址──新北市新莊區中港路751-2號
電　　話──（02）8521-9105
電　　傳──（02）8521-9145
初　　版──2021年10月
法律顧問──張亦君

國際書碼◎ISBN　978-986-527-340-8
Printed in Taiwan
定　　價：新台幣310元
（本書遇有缺頁、倒裝請寄回更換；破損，髒汙者，請於購買日七天內連同發票寄回更換）

書海廣袤，藍海領航！

為了能找到更多閱讀的寶藏，我們需要你的參與！
請與我們分享你的想法，不管是鼓勵還是指教，都是我們最佳羅盤。

基本資料填妥，寄出回函的讀者，就有機會收到電子報、試讀本，及更多優惠資訊。

讀者基本資料

新月官網會員帳號：	性別：☐女 ☐男
姓名：	
年齡：	手機：
地址：☐☐☐☐☐	
E-Mail：	
☐我要收到新月風實體書訊(季刊)	☐我要收到電子報購書資料

讀者意見表：

Q1.請問你所買的書是 ________________，是從何處購買？

☐新月官網 ☐便利商店 ☐租書店 ☐實體書店，店名 ____________

☐網路書店 ____________ ☐其他 ____________

Q2.請問你購買本書的原因？（可複選）

☐封面設計 ☐作者 ☐文案介紹 ☐書名 ☐優惠活動 ☐網路推薦書 ☐故事題材

☐其他 ____________

Q3.請問你對本書的評價是？（請分項填寫代號：A.非常滿意 B.滿意 C.普通 D.需要改進）

封面設計_____ 書名_____ 文案_____ 內頁編排_____ 故事內容_____ 價格_____

Q4.請問你較偏愛的故事類型是？

☐古代 ☐現代 ☐都愛，只要是喜愛的題材都看。

Q5.承上，有特別喜愛的故事題材嗎？（可複選）

☐穿越時空 ☐前世今生 ☐青梅竹馬 ☐麻雀變鳳凰 ☐婚後談情 ☐破鏡重圓 ☐歷史架空

☐宮廷鬥爭 ☐都會愛情 ☐青春校園 ☐其他____________

Q6.請問你最常從哪些管道得知新月的新書資訊？（可複選）

☐新月官網 ☐實體書店 ☐網路書店 ☐租書店 ☐新月電子報 ☐新月風書訊

☐新月粉絲專頁 ☐其他____________

Q7.請問你是否曾經透過電腦或手機等3C產品的方式閱讀作品？

☐是，很習慣這種閱讀方式 ☐是，但還是比較喜歡實體書 ☐否，但想試試看

☐否，也不想嘗試

Q8.請問你還喜愛哪些作者？（不限出版社）____________

Q9.最後，請寫下對我們的意見與建議，謝謝！____________

____

請沿虛線剪下，直接投遞（不必貼郵票，謝謝！）

姓名：

地址：

藍海製作有限公司 收

(116-87) 台北市文山區興隆路2段22巷7弄2號1F

藍海

廣告回信

台灣北區郵政管理局登記證

北台字第10739號

免 貼 郵 票

（請沿此虛線折疊後郵寄）

全民大普查

①請問你是新月官網的註冊會員嗎？

□是 □不是 □不知道新月有官方網站（請跳至第4題）

②請問你平均多久瀏覽一次新月官網？

□每天 □一個星期 □一個月 □三個月以上

③請問你瀏覽新月官網的主要目的為何？(可複選)□活動資訊 □新書資訊

□會員交流 □問題解答 □購書 □新書試閱 □線上閱讀 □其他＿＿＿＿

＊新月官網不定時更新線上免費閱讀小說。

④請問你知道新月有FACEBOOK粉絲專頁嗎？

□知道 □不知道（請跳至第6題） □沒在玩FACEBOOK（請跳至第6題）

⑤請問你對新月粉絲專頁中哪些內容較有興趣？(請依喜好程度填上1、2、3)

□活動資訊 □新書資訊 □周邊資訊 □小編閒聊 □新月近況更新 □貓咪日常

□編輯推薦 □作者專欄 □其他＿＿＿＿

⑥請問看到藍海美人魚的圖像，你會聯想到新月嗎？

□是 □否 □不太確定 □不知道藍海美人魚是誰

⑦請問你曾經在哪些管道看過藍海美人魚？ □新月官網 □書籍內頁

□周邊商品 □新月粉絲專頁 □新月展場 □不記得 □其他＿＿＿＿

更多新書資訊及最新優惠活動請上新月購物市集查詢 shopping.crescent.com.tw

如有問題可以E-Mail至order@crescent.com.tw或利用客服專線02-29301211轉266，我們將竭誠為您服務。

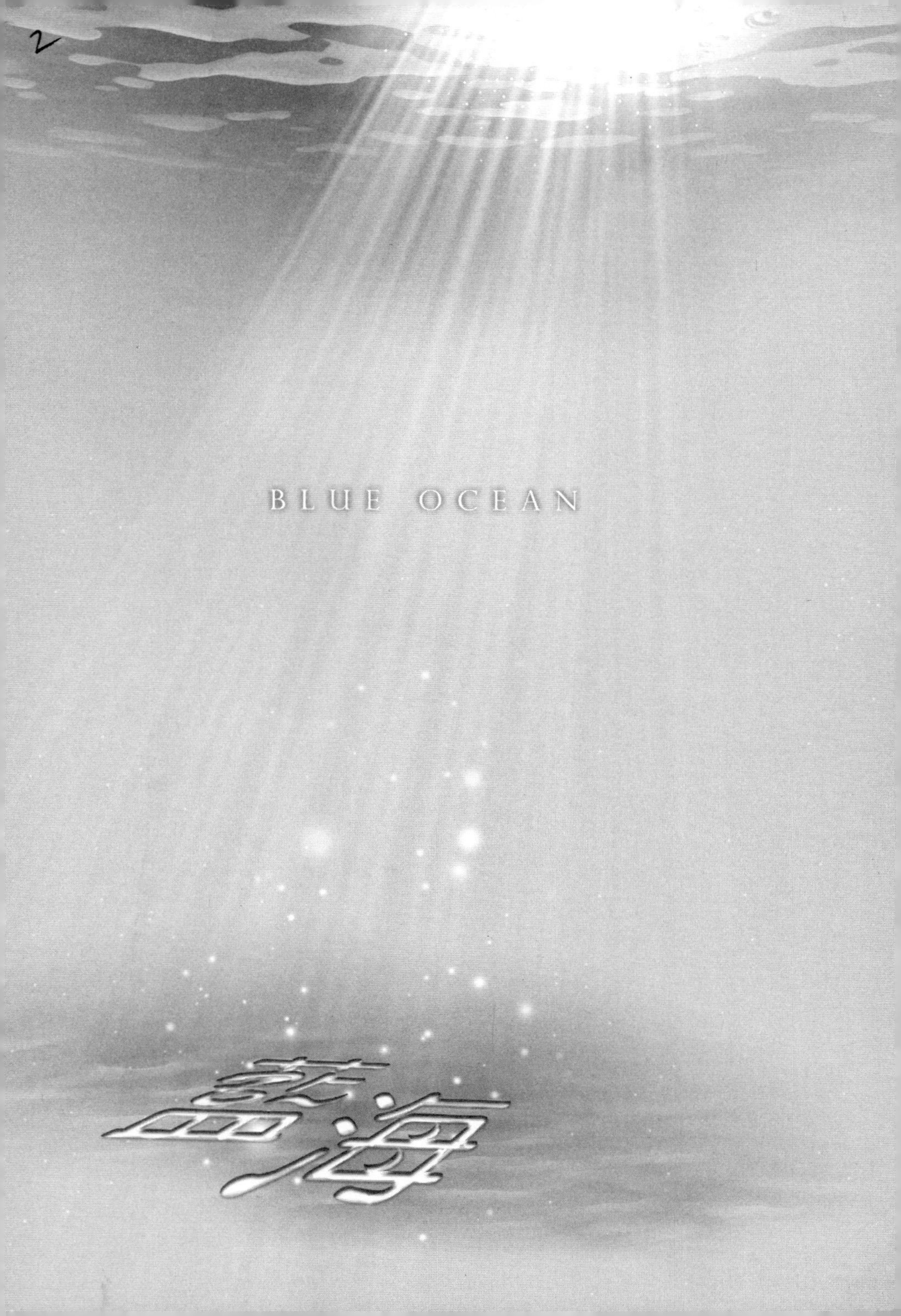
BLUE OCEAN
藍海